CLÁSSICOS JUVENIS Jack London

Caninos Brancos

TRADUÇÃO DE MONTEIRO LOBATO

© IBEP, 2024

Diretor-presidente Jorge Yunes
Diretora editorial Célia de Assis
Editor de literatura Ricardo Prado
Editora assistente Priscila Daudt Marques
Revisão Bruna Paixão Jordão
Produção editorial Elza Mizue Hata Fujihara
Assistente de produção editorial Marcelo Ribeiro
Projeto gráfico da coleção Luciana Facchini
Diagramação Juliana Ida
Ilustrações Rafael Nobre

1ª edição – São Paulo

**Dados Internacionais de Catalogação na Publicação
(CIP) de acordo com ISBD**

L847c   London, Jack

Caninos Brancos / Jack London ; traduzido por Monteiro Lobato ; ilustrado por Rafael Nobre. - São Paulo : IBEP, 2024.
224 p. : il. ; 15,6cm x 23cm. – (Clássicos Juvenis)

ISBN: 978-65-5696-700-4

1. Literatura infantojuvenil. I. Lobato, Monteiro. II. Nobre, Rafael. III. Título. IV. Série.

2024-668

CDD 028.5
CDU 82-93

Elaborado por Vagner Rodolfo da Silva - CRB-8/9410

Índice para catálogo sistemático:
1. Literatura infantojuvenil 028.5
2. Literatura infantojuvenil 82-93

Rua Gomes de Carvalho, 1306 – 11º andar
Vila Olímpia – São Paulo – SP
04547-005 – Brasil – Tel.: (11) 2799-7799
www.editoraibep.com.br
atendimento@editoraibep.com.br

SUMÁRIO

PRIMEIRA PARTE

CAPÍTULO I
8   No rastro da carne

CAPÍTULO II
17   A loba

CAPÍTULO III
27   O grito da fome

SEGUNDA PARTE

CAPÍTULO I
40   A batalha dos caninos

CAPÍTULO II
49   O ninho

CAPÍTULO III
57   O lobinho cinzento

CAPÍTULO IV
62   A muralha do mundo

CAPÍTULO V
73   A lei da carne

TERCEIRA PARTE

CAPÍTULO I
80   Os fazedores de fogo

CAPÍTULO II
91   O cativeiro

CAPÍTULO III
100 O pária

CAPÍTULO IV
105 A pista dos deuses

CAPÍTULO V
111 O pacto

CAPÍTULO VI
120 A fome

QUARTA PARTE

CAPÍTULO I
130 Os inimigos da sua raça

CAPÍTULO II
140 O deus louco

CAPÍTULO III
149 O reino do ódio

CAPÍTULO IV
154 A morte dependurada

CAPÍTULO V
166 Indomável

CAPÍTULO VI
171 O mestre do amor

QUINTA PARTE

CAPÍTULO I
186   A longa jornada

CAPÍTULO II
191   A terra do Sul

CAPÍTULO III
197   O domínio do deus

CAPÍTULO IV
207   O apelo da espécie

CAPÍTULO V
214   O lobo sonolento

222   **SOBRE O AUTOR: JACK LONDON**

PRIMEIRA PARTE

I

No rastro da carne

Extensos pinhais sombrios derramam-se lugubremente por ambas as margens do rio congelado.

As árvores parecem apoiar-se umas às outras, negras e fúnebres à luz moribunda do dia: vendaval recente as desnudou do alvo adorno de gelo. Silêncio... Terra de desolação, deserta, triste. Triste da tristeza do ricto[1] da esfinge – frio como o gelo, parado como a fatalidade. Dir-se-ia a poderosa e inapreensível sabedoria do que é eterno sorrindo à futilidade da vida e aos cegos esforços da vida. Era ali o Wild[2], o selvagem Wild do Norte, de coração gelado.

A vida, entretanto, teimava em desafiá-lo: um grupo de cães-lobos seguia pela caudal abaixo, com os pelos arrepiados transfeitos em agulhas de gelo.

---

1 Ricto: abertura da boca.
2 Wild (pronuncia-se "uaild"): é um nome genérico, intraduzível, como pampa, jângal e outros, que designa, na América do Norte, a região atravessada pelo círculo ártico e imediações. Fica entre as regiões habitáveis e a zona morta do polo. O Alasca faz parte do Wild. Nele o inverno perdura a maior parte do ano, com a neve recobrindo uniformemente o solo. Lá pelos meados de junho a neve se funde e o gelo se quebra, mas de modo parcial, permitindo um breve surto de vegetação. O inverno logo reaparece, sem transição, e a mortalha de gelo tudo recobre de novo (N.T.). Genericamente, wild em inglês significa "selvagem".

O hálito ao lhes sair da boca congelava-se no ar, dispondo-se em camadas sobre seus dorsos em poeira cristalina. Metidos em arreios, todos, e presos a um trenó por fortes correias de couro.

Trenó sem patins, feito de cascas de bétula[3], que se apoiavam diretamente sobre o gelo, com a proa recurva para facilitar o deslizamento. Dentro, solidamente amarrado, um caixão longo – e ainda alguma tralha de uso diário, machado, cafeteira, panelas, cobertores. O caixão comprido, porém, dominava tudo.

À frente dos cães, com os pés metidos em largas raquetes[4], caminhava um homem, e atrás do trenó, outro. Dentro do caixão vinha o terceiro, já liberto dos trabalhos da vida – um vencido da fereza incoercível do Wild.

O Wild odeia o movimento. Para ele a vida constitui ofensa, porque vida é movimento. O Wild destrói todo o movimento, imobilizando tudo. Congela a água para impedi-la de correr rumo ao oceano; espreme a seiva das árvores até exauri-las; e, com maior ferocidade ainda, irar-se contra o homem para forçá-lo à submissão – o homem, esse entezinho inquieto e sempre em estado de revolta contra a imobilidade.

Mas apesar das imposições do Wild, mourejavam[5] adiante e atrás do trenó os dois homens teimosos, com os corpos defendidos por peles e indumentária de couro curtido. Tinham as sobrancelhas, faces e lábios de tal modo recobertos de cristais de gelo que as suas feições se tornavam indiscerníveis, o que lhes emprestava ares de fantasmas de máscara – coveiros ocupados

---

3 Bétula: árvore de regiões frias e solos pobres.
4 Raquete: instrumento de madeira, com formato parecido com uma raquete de tênis, adaptado para andar na neve, que se prende aos pés.
5 Mourejar: trabalhar muito, sem descanso, como um mouro (indivíduo dos mouros, povos que habitavam a mauritânia e tidos como muito trabalhadores).

do funeral dum espectro naquele cenário espectral. O trágico disfarce, porém, escondia apenas homens de carne e osso, que varavam intrépidos a terra da desolação e do silêncio irônico – pequeninos aventureiros a arcarem sob o peso de uma colossal aventura, naquele arremesso contra a potência de um mundo tão afastado do nosso como os abismos da imensidão celeste.

Iam mudos, em economia de fôlego para maior rendimento do trabalho físico. O silêncio eterno os murava de todos os lados, como a esmagá-los sob sua pressão. Silêncio tangível, que lhes afetava o espírito como o peso da água afeta o corpo do mergulhador. Silêncio que os espremia como faz o espremedor à fruta imprensada entre suas conchas – libertando-os de todos os falsos ardores e exaltações, de todos os mesquinhos sentimentos humanos, até pô-los enxutos e minúsculos como o grão de areia que vai de roldão num redemoinho de elementos e forças cegas. Uma hora passou-se e, depois, outra. A lua pálida do dia curto e sem sol começava já a esvair-se quando um uivo longínquo, flébil[6], ressoou no ar imóvel; subiu de tom; alcançou a nota mais alta e aí persistiu por segundos, palpitante e tenso, para depois morrer gradativamente. Dir-se-ia uivo de alma penada, se não tivesse um quê de ferocidade e fome. O homem da frente voltou-se para o companheiro lá atrás, trocando ambos um comentário mudo.

Segundo uivo ergueu-se, que furou o silêncio numa agulhada. Os homens localizaram-no; vinha de trás, da vasta esteira de neve já percorrida. E agora... terceiro uivo, vindo também de trás, mas de ponto diferente.

– Já estão seguindo a nossa pista, Bill – disse o da frente, com voz quase irreal, que traía canseira.

---

6 Flébil: choroso.

– A carne anda escassa – comentou o homem de trás. – Faz já dias que não vejo um coelho sequer, nem rastro...

O companheiro encarou-o com olhos inquiridores, como surpreso de vê-lo duvidar da sabedoria dos cães.

Calaram-se, com os ouvidos alerta para os uivos insistentes. Ao cair da noite os cães foram tangidos para debaixo dum grupo de pinheiros, à beira do rio, ponto escolhido para acampamento. O caixão funerário veio para perto da fogueira, servindo de assento e mesa a um tempo, e os cães acomodaram-se junto ao fogo, rosnando e brigando entre si, sem nenhuma demonstração de quererem afastar-se.

– Parece-me, Henry, que eles estão hoje mais achegados a nós do que de costume – observou Bill indicando os cães.

Henry concordou com um gesto de cabeça, ocupado que estava em derreter um pedaço de gelo para o café. Só falou depois de concluir a tarefa, quando veio sentar-se no caixão para dar começo ao repasto[7].

– Eles sabem que aqui estão com a pele mais segura – disse, levando à boca a primeira garfada. – Preferem ficar onde há o que comer a irem para onde podem ser comidos. São previdentes, os cães.

Bill meneou a cabeça e murmurou, cético:

– Não sei, não sei... Henry – disse Bill, mastigando lentamente as favas que comia – notou como se comportaram hoje quando lhes dei comida?

– Como sempre – respondeu Henry, que não notara coisa nenhuma.

– Escute aqui. Quantos cães nós temos?

– Que pergunta! Seis...

– Seis, muito bem, senhor Henry... – e isto dizendo, Bill entreparou um instante para que as palavras que ia dizer tivessem mais

---

[7] Repasto: refeição.

peso. – Seis, você diz. Pois fique sabendo que tomei seis peixes do saco, dei um para cada cão e não chegou, faltou um peixe...

– É que você contou mal, Bill.

– Contei certíssimo. Temos seis cães. Tirei do saco seis peixes. Distribuí-os da maneira de costume e Desorelhado ficou sem peixe. Tive de voltar ao saco e tirar mais um.

– Impossível. Só temos seis cães – insistiu Henry.

– Não afirmo que todas fossem de cães, mas o certo é que dei comida a sete bocas – reafirmou Bill.

Henry parou de comer para dar uma olhada nos cães.

– Só vejo aqui seis – disse após a contagem.

– Vi um sétimo esgueirar-se para a floresta. Vi sete. Dei comida a sete.

Henry olhou para o companheiro com pena; depois murmurou, como de si para si:

– Que felicidade quando esta jornada chegar ao fim...

– Que quer dizer com isso?

– Quero dizer que estas torturas estão abalando os seus nervos e fazendo você ver coisas.

– Considerei essa hipótese – replicou Bill gravemente –, e para melhor me certificar, logo que o tal sétimo sumiu fui examinar a neve. Vi suas pegadas. Voltei e recontei os cães. Seis de novo, os seis de sempre. As pegadas do sétimo ainda estão lá. Quer vê-las?

Henry nada respondeu; continuou mastigando em silêncio. Finda a refeição com uma xícara de café, limpou os lábios na manga e disse:

– Então você anda cismando que...

Não concluiu. Um prolongado uivo ao longe veio cortar-lhe a frase. Henry quedou-se imóvel por alguns instantes, à escuta. Depois retomou o fio da frase, apontando para o rumo de onde vinha o uivo:

– Você imagina que aquele que está uivando é um deles?

Bill fez que sim com a cabeça.

O uivar recresceu. Uivos de apelo e uivos de resposta foram transformando o silêncio da noite em inferno. Uivos vindos de todos os lados, que faziam os cães, retransidos[8] de medo, achegarem-se ao fogo a ponto de chamuscarem-se. Bill deitou mais lenha à fogueira e acendeu o cachimbo.

— Henry — começou ele meditativamente tirando uma baforada — estou pensando que este — e apontou para o caixão mortuário — é o mais feliz dos três. Eu ou você, quando morrermos, nos daremos por felizes se tivermos algumas pedras sobre o corpo que nos defendam dessa fome que uiva...

— Sim, não teremos o que ele teve: dinheiro e gente, e o resto para permitir-se o luxo deste funeral.

— O que me impressiona, Henry, é que um homem deste naipe, que foi fidalgo ou não sei o que em sua terra, e que só conheceu felicidades na vida, tivesse vindo se meter neste fim de mundo que Deus esqueceu. Não entendo isto.

— De fato. Teria vivido até ao fim da vida, se não saísse da sua terra — concordou Henry.

Bill já ia abrindo a boca para fazer novo comentário quando mudou de ideia e em vez de falar apontou para a muralha de trevas que os constrangia de todos os lados. Nenhuma forma divisável naquele escuro; apenas luzes, aqui e ali — olhos que brilhavam como carbúnculos[9]. Todo um círculo de olhos cercava o acampamento. Olhos que se moviam, que de brusco se apagavam para se reacenderem logo adiante.

A inquietação dos cães ia aumentando, e súbito arremessaram-se todos, tomados de pânico, para quase dentro da fogueira. Um queimou-se seriamente, deixando o ar rescendente a pelo chamuscado.

---

8 Retransido: transpassado, tolhido.
9 Carbúnculo: antiga designação da granada almandina (pedra de cor vermelha com tonalidade tendendo ao violeta).

Esse tumulto dos cães fez o círculo de olhos recuar, como que também amedrontado; mas logo depois voltou à posição primitiva.

– É horrível, Henry, estarmos sem munição...

Bill, que terminara de fumar seu cachimbo, ajudou o companheiro a fazer a cama de peles sobre um leito de galhos de pinheiros. Depois ouviu dele uma pergunta grunhida:

– Quantos cartuchos restam, afinal?

– Três – foi a resposta de Bill. – Três... E era de trezentos que precisávamos. Ah, então eu queria ver... – e seu punho cerrado ameaçou o círculo dos olhos de fogo.

Em seguida sacou os mocassins[10] e pô-los perto da fogueira, para secarem.

– E não seria nada mau que o frio amainasse um pouco – continuou ele. – Há duas semanas que temos tido cinquenta graus abaixo de zero. Raio de azar, havermos caído nesta aventura! Positivamente não gosto do jeito que as coisas estão tomando. Quem me dera termos já chegado ao forte McGurry! Bom fogo, cartas na mão para um joguinho...

Henry resmungou qualquer coisa, enquanto se afundava dentro das cobertas; e já ia, logo depois, caindo no sono quando a voz do companheiro o fez arregalar os olhos.

– Escuta, Henry – insistiu Bill. – Aquele outro que veio e filou o peixe, por que motivo os cães não se atiraram a ele? Isso anda a martelar-me os miolos. Não entendo...

– Você está dando muita importância ao caso, Bill – respondeu Henry num bocejo. – Antes você não era assim. Fecha esses olhos e dorme, que vai acordar bom amanhã. Seu estômago está azedo, e é isso que você tem.

---

10 Mocassim: tipo de sapato usado, em geral, por aborígines dos países frios e cuja sola sobe pelos lados e pela ponta do pé, onde se une a uma tira em forma de "U" costurada exteriormente.

Os dois homens afinal dormiram, respirando pesadamente sob a mesma coberta. A fogueira foi se extinguindo e o círculo de olhos de fogo mais e mais se estreitou. Amontoados de medo, de quando em quando, os cães rosnavam ameaçadoramente, sempre que um par de olhos avançava. Súbito esse rosnar cresceu a ponto de despertar Bill, que se levantou, cauteloso, para não acordar o companheiro, e foi colocar mais lenha na fogueira. As chamas cresceram e o círculo de olhos recuou. Bill pôs-se a olhar para os cães; depois piscou, piscou e contou-os atentamente.

– Henry! – gritou ele, voltando-se para a cama. – Acorda, Henry!

– Que há? – indagou ele, estremunhado.

– Há que são sete outra vez. Acabo de contá-los.

Henry passou recibo à informação com um ronco, que o remergulhou no sono interrompido. E foi quem primeiro despertou pela madrugada, pondo o companheiro fora da cama. Eram seis horas e o dia só despontava às nove. Apesar do escuro, Henry pôs-se a preparar o almoço, enquanto Bill enrolava a cama e arrumava os tarecos no trenó para o prosseguimento da viagem.

– Escuta, Henry – disse ele, sempre aferrado ao mesmo assunto. – Quantos cães você acha que temos?

– Seis, ora essa...

– Errou! – exclamou Bill em triunfo.

– Você está com a ideia dos sete novamente, não é?

– Não. Temos cinco apenas. Um fugiu...

– Com seiscentos milhões de diabos! – gritou Henry furioso, pulando dali para recontar os cães.

– Realmente – confirmou logo em seguida. – Falta um, o Gordura...

– Sumiu sem deixar rastro.

– Raio de azar! – berrou Henry. – Os lobos o engoliram vivo. Aposto que desceu pela garganta deles latindo...

– O Gordura foi sempre um pouco aluado – disse Bill.

– Mas não a ponto de suicidar-se dessa maneira – retrucou Henry. – É bastante estranho isso... – continuou, correndo os olhos pelo remanescente da matilha, em rápida análise das peculiaridades do caráter de cada um.

– Não vejo aqui outro capaz de semelhante loucura.

– Sim – concordou Bill. – Os que restaram não arredam de perto da fogueira nem a pau. O Gordura foi sempre um estourado.

Nisso consistiu o epitáfio de um cão perdido nas planuras das Terras do Norte, epitáfio menos breve, aliás, que o de muitos homens que também por lá se extinguiram.

II

A loba

Devorado o almoço e toda a tralha metida no trenó, os homens deram as costas à fogueira e mergulharam no escuro envolvente. Nesse instante recomeçou o coro de uivos lamentosos – uivos de apelo e resposta. A conversa dos dois homens cessou. Caminharam em silêncio até às nove, hora em que a luz começava a romper. Ao meio-dia o sol tingiu de róseo o céu sul, tom que breve se desfez em cinza e durou até às três da tarde. A luz então morreu e a comprida noite ártica caiu sobre a terra muda e solitária.

Logo que sobreveio a noite, os gritos de caça, à direita e à esquerda, adiante e atrás, foram se aproximando, tanto que por várias vezes puseram em pânico a matilha.

Ao final de um desses momentos de pânico, depois que os dois homens restabeleceram a ordem, Bill observou:

– Que bom se fossem caçar bem longe daqui e nos deixassem em paz...

– Realmente – concordou Henry. – Essa insistência faz mal aos nervos.

Foi tudo quanto disseram até a hora de armar acampamento.

Um pouco mais tarde, Henry estava às voltas com a sua panelada de sopa quando ouviu um tumulto: correria, ganidos de dor e berros de Bill lá entre os cães. Ergueu a cabeça ainda a tempo de vislumbrar um vulto esgueirante que sumia na neve, rumo ao escuro. Depois viu Bill vitorioso no meio da matilha, embora desapontado. Tinha na mão direita um porrete e na esquerda um rabo de peixe seco.

— Só salvei o rabo do peixe — gritava Bill. — O ladrão levou o resto, mas pagou o jantar! Lá vai ele uivando ainda. Está ouvindo?

— Que jeito tinha o ladrão, Bill?

— Não pude perceber bem. Mas que foge sobre quatro patas e tem focinho e pelo de cão, isso eu sei.

— Pode ser algum lobo domesticado.

— Domesticadíssimo. Sabe vir aqui na hora certa da boia e apanhar a sua parte.

Naquela noite, quando a refeição chegou ao fim e os dois homens se sentaram no caixão mortuário para fumarem seus cachimbos, o círculo de olhos de fogo apertou-se ainda mais do que na véspera.

— Por que não vão descobrir algum rebanho de alces que os distraia? — murmurou Bill.

Henry grunhiu concordando, com entonação não de todo simpática, e por um quarto de hora ambos guardaram silêncio, um com os olhos na fogueira, outro sem tirar os seus do círculo de foguinhos que ornamentavam a escuridão envolvente.

— Por que é que não estamos agora no forte? — recomeçou Bill.

— Pare com esses porquês idiotas! — berrou Henry colérico.

Se está com o estômago azedo, beba logo uma colher de bicarbonato e acalme-se.

Pela manhã, Henry foi despertado pelas blasfêmias do amigo e erguendo-se sobre um cotovelo o enxergou entre os cães, perto da fogueira já reacendida, gesticulando furiosamente.

— O que há de novo, Bill?

— Há que o Sapo também se foi...

— Não! Você está brincando...

— Verdade, sim. Perdemos o Sapo, um cão tão bom...

Henry saltou da cama para ir ver a matilha. Contou-a, e por sua vez desferiu novas blasfêmias contra a impiedosa selvageria do Wild.

– Era o nosso melhor cão – comentou Bill.

– E nada aluado – acrescentou o outro.

Foi esse o segundo epitáfio que o Wild ouviu em dois dias.

Após o melancólico almoço comido em silêncio, atrelaram ao trenó os quatro cães restantes e partiram. Em completo mutismo os dois homens enfrentavam mais uma vez o mundo gelado, onde o silêncio era apenas rompido pelo uivo dos lobos perseguidores, cada vez menos distantes. O pânico que acometia a matilha era visível, e só parecia aumentar, fato que fazia crescer a depressão de espírito dos seus condutores.

– Somos todos uns loucos varridos! – exclamou Bill quando se detiveram, finda a tarefa do dia.

Henry foi preparar a comida enquanto o outro amarrava os cães à moda dos índios. Consiste essa moda em atá-los pela coleira a bastões com cerca de um metro e meio de comprimento, por sua vez bem embutidos em estacas; desse modo os cães não podiam alcançar e roer as correias de couro.

– É um meio de lhes impedir a fuga. Desorelhado me causa apreensão – comentou Bill ao voltar. – Ele sabe cortar couro como se usasse navalhas na boca, mas desta vez nem ele, nem nenhum outro fugirá. Não tomarei café amanhã cedo, se algum escapar esta noite – concluiu, orgulhoso do serviço feito.

– Os lobos parecem saber que estamos desarmados – observou Henry com os olhos no círculo de fogo. – Se pudéssemos mimoseá-los com um pouco de chumbo, estou certo de que nos respeitariam um pouco mais. Estão se aproximando muito. Olhe bem para ali, Bill. Repare naquele...

Por alguns instantes os dois homens se distraíram observando o movimento das formas vagas que se entremostravam no escuro. Firmando a vista num par de olhos de fogo, tornava-se possível, depois de alguns segundos, divisar vagamente o vulto do seu portador. Percebiam também que esses vultos se mudavam às vezes de um ponto para outro.

Algo entre os cães lhes desviou a atenção. Desorelhado estava emitindo uivos lamentosos, com repetidos arrancos para safar-se da peia[11].

– Repare naquilo, Bill – disse Henry baixinho.

Referia-se a um vulto de lobo que se havia destacado do círculo de olhos e que com mil cautelas vinha se achegando à matilha, enquanto Desorelhado redobrava os esforços contra a peia, como querendo juntar-se ao intruso.

– Vê? – murmurou Bill. – Desorelhado não mostra medo nenhum.

– É uma loba – sussurrou Henry –, e isso explica a fuga de Gordura e de Sapo. Serve de chamariz para a alcateia. Atrai os cães para fora do acampamento a fim de que toda a malta[12] lhes caia em cima.

A fogueira estalejou. Um grande tição rolara de banda emitindo um jato de faíscas, o que fez o intruso recuar de salto para as espessas trevas.

– Henry, estou pensando uma coisa...

– Diga.

– Estou pensando que foi esse lobo o que levou as minhas pauladas.

– Disso não tenho a menor dúvida. Gostou e vem pedir mais.

– E noto ainda – continuou Bill – que é animal familiarizadíssimo com acampamentos. Tem larga experiência e muito cinismo.

– Não há dúvida de que tem mais experiência que o comum dos lobos – concordou Henry. – Lobo que vem meter-se com os cães à hora da comida é um lobo especial, um lobo sabido.

---

11 Peia: cabo ou corrente com que se amarra um objeto ou animal.
12 Malta: bando, grupo.

– O velho Villan teve um cão que se alongou entre lobos – referiu Bill. – Sei disso porque eu mesmo dei cabo dele, na pastagem de alces em Little Stick. O velho Villan chorou que nem criança quando soube, embora estivesse com esse cão fora de casa havia mais de três anos.

– Penso que você decifrou o mistério, Bill. Este lobo número sete não é lobo nada e sim cão que já comeu muito peixe seco dado pela mão de homem.

– Ah, mas se ponho as unhas nele, transformo-o em comida para a matilha! – declarou Bill. – Impossível continuarmos perdendo mais cães. Basta.

– Mas o que pode você fazer com três cartuchos apenas, Bill?

– Esperarei o momento para um tiro certeiro – foi a resposta.

Pela manhã Henry alimentou a fogueira e preparou o almoço como de costume, ao som dos roncos do companheiro.

– Você está dormindo demais, homem! – exclamou ao despertá-lo para a comida. – Vamos, levante!

Bill atacou o almoço, ainda bocejando de sono. Súbito, notando que a sua caneca de café nada tinha dentro, fez menção de apanhar a cafeteira, mas como ela estivesse fora de alcance, espichou a caneca para o companheiro, dizendo:

– Você se esqueceu de mim hoje, Henry.

– Não há café para você, Bill – respondeu este.

– Acabou-se o café?

– Nada disso.

– Receia que o café me faça mal?

– Nada disso.

Uma onda de sangue coloriu as faces de Bill, já em cólera.

– Acabe logo com a brincadeira, Henry! Explique-se de uma vez.

– O Malhado se foi.

Sem afobamento, com ar resignado, Bill voltou a cabeça e dali mesmo recontou os cães. Havia um a menos – o Malhado.

– Como pode ter acontecido semelhante coisa? – indagou ele, apático, olhando para Henry.

– Não sei – respondeu este dando de ombros. – Talvez Desorelhado, que lhe ficava próximo, cortasse a sua peia.

– Cão desgraçado! – murmurou Bill com voz lenta, sem nenhuma denúncia da raiva que lhe ia por dentro. – Não podendo soltar-se, soltou o companheiro...

– Muito bem – comentou Henry. – O caso do Malhado está findo. Aposto que a estas horas ele anda mais que digerido no bucho de vinte lobos diferentes – e com esse epitáfio encerrou-se a história de mais aquela deserção na matilha.

– Tome o seu café, Bill – disse Henry generosamente.

Bill recusou.

– Deixe de tolices – insistiu Henry, oferecendo-lhe a cafeteira.

Bill recusou novamente.

– Ficaria desmoralizado perante mim mesmo – respondeu afinal o cabeçudo. – Dei minha palavra que perderia o café se um cão escapasse esta noite, e minha palavra é palavra.

– Tolices! O café está ótimo – declarou Henry, recorrendo à tentação para demovê-lo da birra.

O outro porém não cedeu. Contentou-se com um almoço seco, temperado apenas com as pragas que rogava contra aquela peça que Desorelhado lhes pregara.

– Hoje vou amarrá-los bem afastados um do outro – disse por fim, erguendo-se para a tarefa do dia.

Logo depois se puseram a caminho. Cem metros andados, Henry parou para tomar do chão qualquer coisa em que tropeçara. O escuro não lhe permitia ver o que quer que fosse, mas pelo tato adivinhou ser o bastão ao qual Malhado fora preso à noite. Henry o arremessou para Bill, por cima do trenó mortuário, gritando:

– Talvez você precise disto logo à noite, Bill.

Bill soltou uma exclamação. Aquele pau era tudo quanto restava de Malhado...

– Comeram-no com pele e tudo – disse Bill examinando o bastão. – O pau está roído, sinal que devoraram até a correia de couro. Andam ultraesfaimados estes lobos, e queira Deus não tenhamos sorte idêntica à dos cães!

Henry sorriu desafiadoramente.

– É a primeira vez que me vejo perseguido por lobos, mas me livrei de muitas situações ainda piores. Ânimo! Eles não nos abocanharão assim sem mais nem menos.

– Não sei, não sei... – murmurou Bill em tom fatídico.

– Você só vai saber quando estiver são e salvo no forte, e basta.

– Não me sinto tão confiante assim, Henry.

– Você está doente, meu caro. Precisa de quinino[13]. Logo que chegarmos ao forte vou curá-lo, você vai ver.

Bill grunhiu seu desacordo com o diagnóstico e recaiu em silêncio.

O dia correu igual aos precedentes. A luz veio às nove horas. Às doze o horizonte sul foi iluminado pelo sol escondido, e logo depois fez-se geral aquela horrível tonalidade cinza, que abria breves parênteses à noite.

Foi pouco antes do sol tentar inúteis esforços para nascer que Bill sacou o rifle de sob a tralha do trenó.

– Continue a marcha, Henry, que eu vou ver se apanho o meu intruso.

– Acho melhor você se conservar junto do trenó. Quem possui só três cartuchos não se arrisca.

– Agora é você quem está agourando as coisas... – murmurou Bill com ar triunfante. – Precisa de quinino também, pelo que vejo.

---

[13] Quinino: substância extraída da quina-amarela e usada como remédio contra a malária e contra a febre.

Henry nada replicou e prosseguiu na marcha sozinho, embora lançasse de vez em quando olhares ansiosos na direção em que seu companheiro desaparecera. Uma hora mais tarde Bill voltou.

– Eles estão muito espalhados – disse ele. – Procuram caça e ao mesmo tempo ficam de olho em nós. Estão certos de nos comer, mas sabem que têm de esperar o momento propício. Entretanto, procuram meter no bucho algum coelho extraviado.

– Estarão realmente seguros de nos apanhar? – indagou Henry intencionalmente. Bill não ia responder.

– É o que parece. Não comem há semanas. Durante todo esse tempo só tiveram três pratos: o Gordura, o Sapo e o Malhado. Pouco, muito pouco para tantas fomes. Assim, nesse jejum, não podem continuar. Já estão tão magros que suas costelas rompem o couro e as barrigas estão pregadas às costas. Em breve chegarão a ponto de desespero pela loucura da fome. E você sabe o que é fome de lobo...

Poucos minutos depois, Henry, que agora seguia na traseira do trenó, emitiu um sinal de aviso. Bill voltou-se, viu o que era e deteve os cães. Um vulto avançava lá atrás, na esteira de neve já percorrida, de focinho rente ao solo, magérrimo. Trotava de um modo peculiar, sem esforço. Quando os homens se detinham, o vulto se detinha também, com as narinas dilatadas como para detectar pelo olfato a menor emanação que partisse deles.

– É a loba – murmurou Bill.

Os cães haviam se deitado na neve e Bill veio reunir-se ao companheiro. Juntos examinavam o estranho animal que os vinha perseguindo há dias e já lhes destruíra metade da matilha.

Após cuidadoso farejamento, o animal avançou alguns passos. Fez isso várias vezes, até chegar à distância de uma centena de metros. Aí parou, de cabeça erguida, rente a um grupo de pinheiros, e com os olhos e o olfato em alerta estudou o aparelhamento dos dois homens. Olhava-os de um modo estranhamente atento, mas no qual não existia nada da atenção afetiva dos cães.

Era a atenção da fome, cruel como caninos de fera e impiedosa como a neve.

Parecia muito desenvolvido para ser lobo ou então seria um lobo dos mais desenvolvidos da espécie.

– Parece ter um metro e meio de comprimento – comentou Henry.

– A cor não é de lobo – advertiu Bill. – Nunca vi lobo desse tom avermelhado. Lembra a cor da canela.

Não era cor de canela o animal. Tinha a pelagem dos lobos, nos quais o tom cinzento predomina. O avermelhado corria por conta da ilusão de óptica.

– Dá a ideia de um grande cão de trenó – disse Bill. – Não me surpreenderia vê-lo mover a cauda.

Bill ameaçou-o com o punho cerrado e gritou-lhe alguns insultos em voz bem alta. O animal não denunciou medo nenhum. Apenas redobrou o estado de alerta. Continuava a mirá-los com a atenção que só a fome em último grau dá. Aqueles homens significavam carne, coisa muito séria para um animal faminto. Certamente que atacaria para os devorar, se tivesse chance.

– Olha, Henry – disse Bill instintivamente baixando a voz como para não perturbar o pensamento que lhe ia pela cabeça –, temos três cartuchos e o alvo está em ponto de tiro. Não há como errar. Já nos roubou três cães. Isso precisa ter fim. O que me diz?

Henry consentiu e Bill retirou cautelosamente o rifle do trenó. Mas a arma não chegou a repousar em seu ombro. A loba desaparecera de um salto. Os homens entreolharam-se.

– Eu devia ter previsto isso – murmurou Bill desapontado, repondo o rifle no trenó. – Um lobo que sabe vir filar comida na hora certa, também sabe algo a respeito de armas. Juro, Henry, que é essa criatura que está nos causando todos esses males. Se estamos com três cães apenas, dos seis que trazíamos, a culpa cabe a ela somente. Tenho de dar cabo de semelhante inimiga. É muito esperta para ser apanhada em campo aberto. Vou tocaiá-la e matá-la, tão certo como me chamo Bill.

– Mas não vá muito longe. Se o bando se lançar sobre você, três cartuchos valerão tanto como três pulos na direção do inferno. Estão famintos demais, e se te pegam de jeito, ai de você!

Acamparam mais cedo aquela noite. Três cães apenas não podiam puxar o trenó tão depressa e tantas horas como seis, e eles sentiam-se cansados. Deitaram-se também mais cedo, tendo o cuidado de verificar se os cães estavam bem seguros e fora de recíproco alcance.

Os lobos, todavia, iam se tornando cada vez mais ousados, o que obrigou os dois amigos a levantarem-se várias vezes durante a noite. Tanto se aproximaram do acampamento, que o pânico dos cães chegou ao auge. Foi preciso conservar a fogueira sempre viva, único meio de os manter a distância.

– Tenho ouvido de marujos histórias de tubarões que seguem os navios – observou Bill numa das vezes em que, depois de atiçada a fogueira, voltou para debaixo das cobertas. – Os lobos são os tubarões da terra. Conhecem o seu negócio melhor do que nós, e se estão nos seguindo desta maneira não é por esporte apenas. É porque estão certíssimos de nos apanhar, Henry.

– Já apanharam você pela metade, convencendo-o disso, Bill – replicou o outro. – Um homem pode considerar-se meio comido quando começa a pensar assim. Você já está devorado pela metade, Bill!

– Os lobos já comeram muita gente melhor do que nós.

– Oh, pare com esses agouros! Já estão me aborrecendo...

Henry, em cólera, voltou-lhe as costas, mas surpreendeu-se de que o companheiro não mostrasse igual sentimento. Bill não costumava agir assim, impetuoso como era e sensível à menor observação. Henry pensou nisso algum tempo, e quando seus olhos foram se fechando, a ideia que lhe boiava na cabeça era esta: "Bill está visivelmente abalado de espírito. Terei trabalho amanhã para consertá-lo."

III

O grito da fome

O dia começara auspicioso. Não haviam perdido nenhum cão durante a noite, de modo que foi com o espírito mais aliviado que se puseram a caminho para nova jornada através do silêncio, do escuro e da algidez[14] envolvente. Bill parecia ter melhorado de ânimo, e quando, ao meio-dia, aconteceu de o trenó revirar-se num mau passo, recebeu com pilhérias o acidente.

Foi trapalhada séria, entretanto. O trenó virara completamente e ficara entalado entre um pinheiro e uma grande pedra, forçando-os a desatrelar os cães. Estavam os dois homens ocupados nisso, quando Bill percebeu que Desorelhado se esgueirava para fugir.

– Aqui, Desorelhado! – gritou ele, correndo atrás do cão. Mas o cachorro disparou pela neve afora, mesmo arreado. Lá atrás, na esteira por onde passara o trenó, estava a loba à sua espera. Ao aproximar-se do chamariz, Desorelhado pareceu hesitar. Entreparou. Olhava-a fixamente, embora duvidoso. O desejo o impelia. A loba como que risonha mostrava-lhe os dentes, sem ricto de ameaça. Súbito, moveu-se em direção do cachorro, deu alguns passos e deteve-se. Desorelhado fez o mesmo, sempre alerta e cauteloso, com as orelhas a prumo, cauda e cabeça erguidas.

---

14 Algidez: sensação de frio intenso.

Procurou farejá-la no focinho, mas a loba retraiu-se, em negaça tímida. Cada avanço por parte do cachorro era seguido de um recuo por parte dela. Passo a passo ia-o atraindo para mais longe dos homens. Em certo momento, como se um raio de previsão lhe passasse pela inteligência, o cachorro volveu os olhos para trás, para o trenó emborcado, para seus companheiros de trela[15], para os dois homens que o chamavam.

Qualquer, porém, que fosse a ideia nesse momento formada em sua cabeça, a loba a dissipou com os seus manejos amorosos, adiantando-se e farejando-lhe o focinho; em seguida reiniciou a manobra do oferece e recua, afastando-o ainda mais do acampamento.

Bill procurava o rifle, entalado sob o trenó, e quando, com o auxílio do companheiro, conseguiu retirá-lo, o cão e a loba estavam muito juntos para que um deles somente pudesse ser alvejado.

O cão compreendeu muito tarde o erro que havia cometido. De súbito os dois homens viram-no voltar-se nos pés e lançar-se em louca corrida, rumo ao acampamento. Imediatamente surgiram dos dois lados da esteira de neve uma dúzia de lobos a lhe cortarem a retirada. A amorosa gentileza da loba desaparecera. Com um arreganho feroz, lançou-se também sobre o cachorro, que a repeliu de um tranco e procurou alcançar o acampamento pelo caminho que lhe pareceu possível. Mais lobos surgiam, entretanto, como brotados da neve, e juntavam-se aos primeiros para a caçada ao cachorro. A loba, que era velocíssima, já estava prestes a alcançá-lo.

– O que vai fazer, Bill? – perguntou Henry de súbito, agarrando-lhe o braço.

Bill desvencilhou-se com um safanão.

– Não posso suportar isso – gritou. – Eles não vão apanhar mais esse.

---

15 Trela: tira de couro ou metal com que se prendia os cães.

Rifle em punho, Bill insinuou-se pela floresta arbustiva que bordejava o rio congelado. Sua intenção era visível. Tomando o trenó como o centro do círculo que na sua fuga Desorelhado estava descrevendo, Bill planejara esperar num ponto onde breve os corredores iriam chegar. Com os tiros que lhe restavam, talvez fosse possível amedrontar os lobos e salvar o cão.

– Vamos, Bill – gritava Henry. – Cuidado! Não se arrisque!

Gritado o conselho, Henry sentou-se no trenó e esperou. Nada mais lhe restava a fazer. Bill já sumira de sua vista. Mas Desorelhado reaparecia aqui e acolá, através dos vãos entre os arbustos da floresta. Henry julgou o caso perdido. O cão sabia o tremendo perigo que corria e por isso dava o máximo de si, mas tinha a má sorte de correr em círculo mais amplo do que o descrito pelos seus perseguidores. Era ingenuidade admitir que ele pudesse se distanciar dos lobos a ponto de conseguir desviar de súbito rumo ao trenó.

As linhas desenhadas pelos corredores no branco da neve iam se aproximando rapidamente de um ponto. Em dado momento, através dos troncos dos pinheiros, Henry pôde vislumbrar que a alcateia, Desorelhado e Bill estavam prestes a se chocar. Isso aconteceu mais rápido do que ele previu. Um estampido reboou, e mais dois logo em seguida. Estava esgotada a munição de Bill! Em seguida, um grande clamor de arreganhos e latidos ferozes. Henry pôde distinguir um grito de dor e pânico do cachorro, logo abafado por um arreganho de lobo que agarra a presa. Nada mais. O clamor cessou de chofre[16] e mortal silêncio recaiu sobre a floresta.

Henry quedou-se algum tempo à espera, de ouvido alerta. Era inútil ir sondar o que havia sucedido. Adivinhava-o, como se tudo houvesse transcorrido diante dos seus olhos. Em certo momento, ergueu-se e agarrou precipitadamente o machado. Mas voltou

---

16 De chofre: de súbito.

atrás, refletindo melhor, e sentou-se de novo, com os dois cães restantes tremendo a seus pés.

Depois de alguns minutos, levantou-se enfraquecido e, embora toda a energia tivesse se esvaído do seu corpo, meteu no trenó já em ordem os cães, atrelando-se a si próprio também para fazer as vezes dos que faltavam. Não caminhou muito. Aos primeiros sinais da noite, acampou, tendo o cuidado de amontoar para a fogueira noturna a maior quantidade de lenha possível.

Não iria, entretanto, dormir em paz. Antes que seus olhos começassem a se fechar, os lobos reapareceram e chegaram mais próximo do que nas noites anteriores. Não era necessário nenhum esforço da vista para divisar-lhes os vultos. Estavam em estreito círculo, exatamente no limite da luz emanada do fogaréu, deitados ou sentados, uns, outros arrastando-se de ventre colado à terra ou recuando, sempre de agacho. Vários dormiam. Henry via aqui e ali vultos enrodilhados na neve, gozando de um sono que a ele não era permitido.

A fogueira foi mantida vivíssima, pois somente o fogo criava uma defesa entre a carne do perseguido e os anavalhantes caninos dos perseguidores. Os dois cães, retransidos de pavor, ladeavam o dono, inclinando-se para ele como para a única proteção possível. Ganiam, os míseros, e por vezes davam botes, quando um lobo se aproximava demais.

Mas o círculo de feras mostrava uma contínua tendência de estreitar-se. Lentamente, centímetro por centímetro, num arrastar-se de ventre quase imperceptível, o círculo ia chegando à distância de um pulo. A defesa de Henry foi incendiar galhos e arremessá-los contra os mais atrevidos. A cada arremesso um recuo se fazia, acompanhado de uivos de dor, quando um tição bem manejado alcançava algum.

A manhã veio encontrar Henry de olhos arregalados e ar emparvecido. Preparou o almoço automaticamente e às nove horas, quando o advento do dia fez sumirem os lobos, deu início ao plano que concebera durante a noite angustiosa. Cortou alguns galhos de pinheiros e com eles construiu um jirau[17] entre árvores; depois, com ajuda dos tirantes do trenó, guindou sobre o jirau o caixão mortuário.

– Os lobos apanharam Bill; poderão apanhar-me; mas não conseguirão apanhar você – murmurou para o defunto logo que o viu a salvo no poleiro.

Em seguida, retomou a jornada, com o trenó assim aliviado a deslizar veloz. A boa vontade dos cães era grande, pois estavam conscientes de que a única salvação seria alcançarem o mais depressa possível o forte McGurry. Os lobos continuavam a persegui-los, trotando em silêncio atrás, à direita e à esquerda, com as línguas de fora e as costelas a desenharem-se debaixo da pele a cada movimento. Tão magros se mostravam, tão sacos de ossos, com os músculos reduzidos a tão finas cordas, que era espantoso que pudessem insistir naquela caçada.

Henry não se atreveu a prosseguir na viagem durante a tarde. Ao meio-dia o sol mostrou-se no horizonte, muito pálido e débil. Bom sinal de que os dias estavam se tornando mais longos. Esse triste sol, porém, logo desapareceu, obrigando Henry a acampar. Tinha diante de si várias horas de crepúsculo, que aproveitaria para acumular lenha.

Com a noite sobreveio o horror. Não somente estavam os lobos esfaimados crescendo de audácia, como a falta de repouso quebrava o ânimo de Henry. Contra a vontade, ele cabeceava junto ao fogo, embrulhado nas cobertas, com o machado sobre os joelhos, e os dois cães a ladearem-no rente. Cochilou e, ao despertar, viu diante de si, a quatro metros de distância, um grande lobo

---

17 Jirau: espécie de andaime.

cinzento, o maior da alcateia. Henry encarou-o firme, mas, apesar disso, o lobo espreguiçou-se como cão feliz, bocejou e olhou-o com olhos de posse, como se estivesse diante de uma refeição atrasada que ia afinal ser comida.

Esta certeza não era exclusiva desse lobo; transparecia na atitude de toda a alcateia. Cerca de duas dúzias pôde Henry contar, que o olhavam famintamente, deitados na neve, muito seguros de si. Lembravam crianças reunidas em torno de uma mesa de doces, à espera de ordem para começar a festa. E era ele, Henry, a comida a ser servida... Sem esperança de mais nada, restava-lhe apenas saber quando dariam início ao rega-bofe.

Ao colocar mais lenha ao fogo uma ideia o empolgou. Começava a ver seu corpo de maneira muito diferente do que o fizera até ali. Prestava atenção aos músculos e interessava-se pelo engenhoso mecanismo dos dedos. À luz da fogueira abria e fechava as mãos lentamente, movia ora um dedo, ora outro, ora todos juntos, isso inúmeras vezes. Estudava a incrustação das unhas e alisava a pele, com força ou de leve, atento à sensação produzida. Aquilo o fascinou e o fez amoroso da sua própria carne, que tão bela, macia e delicadamente "vivia". Depois volveu os olhos para o círculo dos lobos e de chofre teve a revelação de que os admiráveis membros do seu corpo, tão cheios de sensibilidade, não passavam naquele momento de "carne" – comida de animais ferozes, a ser despedaçada, estraçalhada entre presas de corte agudo. Alimento! Alimento de lobo, como os alces e coelhos são alimentos para os homens...

Cochilou de novo, e despertou pela segunda vez sob o aguilhão dum pesadelo, para dar com a loba à sua frente. A não mais de dois metros quedava-se ela sentada sobre a neve, olhando-o pensativamente. Embora os cães estivessem ganindo de pavor, não era para eles que a loba olhava. Olhava unicamente para o homem, que por sua vez a fitava firme. No olhar da loba, Henry apenas lia fome, grande fome. Era ele o alimento que a contentaria e que estava lhe antecipando sensações gustativas. Em certo momento, a boca da loba abriu-se, babosa, e sua língua lambeu o focinho, como antegozando o petisco próximo.

Aquele movimento de língua fez Henry estremecer num espasmo de pavor. Levantou-se de salto para arremessar um tição contra a audaciosa fera; logo, porém, caiu em si e voltou. Era inútil. Ela já estava acostumada àqueles projéteis incandescentes. Compreendendo o gesto de Henry, a loba arreganhou-lhe os dentes, e seu ar pensativo foi substituído por um ricto de malignidade carnívora, particularmente feroz. Henry estremeceu de novo, e de novo olhou para as mãos que ainda sustinham o galho incandescente. E refletiu sobre a delicadeza dos dedos que o seguravam, tão bem ajustados a todas as saliências e depressões do toco da madeira. Observou como o dedo mínimo, muito próximo da parte em combustão, automaticamente se encurvava para cima, em recuo de defesa. E ao mesmo tempo lhe veio a visão daqueles delicados órgãos sendo triturados entre as maxilas terríveis da loba faminta. Nunca amara tanto ao seu corpo, como agora que o via na iminência de um trágico fim.

A noite toda Henry lutou com a alcateia faminta, à força de tições arremessados. Quando, vencido pelo cansaço, acontecia cochilar, o choro e os botes dos dois cães o despertavam. A manhã sobreveio, e pela primeira vez a luz do dia não afugentou os lobos. Henry esperou em vão que eles se fossem. Ficaram onde estavam, pareciam saber que a posse era iminente e isso logo abateu o ânimo do homem, que o advento do dia levantara um bocado.

Fez uma tentativa desesperada para pôr-se a caminho. Mas no momento em que deixava a proteção da fogueira, o mais intrépido dos lobos avançou de salto. Salto insuficiente, curto, que não atingiu o alvo. Henry salvou-se graças a um violento recuo para trás. As faces do lobo haviam chegado a centímetros de sua perna. O resto da alcateia avançara e foi necessário um violento arremesso de tições para fazê-la recuar.

Essa noite consistiu na repetição da noite anterior, salvo que a necessidade de sono fazia-se muito mais imperiosa. Os arreganhos e botes dos cães já não despertavam Henry. Acostumara-se. Não os ouvia. Em uma das vezes em que ele acordou, viu a loba a menos de um metro de distância. Maquinalmente tomou um tição e o meteu pela boca adentro. A loba fugiu aos ganidos e, enquanto Henry aspirava com deleite o cheiro de carne queimada, a vinte metros distante ela sacudia a cabeça e urrava de cólera e dor.

Antes que o sono o vencesse outra vez, Henry atou ao pulso um nó de pinheiro incendido. Dormiu alguns poucos minutos e foi desperto pela chama que já lhe atingia o pulso. Repetiu isso por algumas horas. Cada vez que o fogo o despertava, erguia-se e fazia os lobos recuarem à força de tiçoadas, alimentando em seguida a fogueira e ajeitando de novo o nó de pinho ao pulso. Numa das vezes, prendeu-o mal e logo que adormeceu essa cruel defesa contra o sono falhou de funcionar.

Henry sonhou. Sonhou-se no forte McGurry, bem abrigado do frio, jogando cartas com o feitor. O forte estava assediado pelos lobos, que uivavam rente às portas. Por momentos ele e o feitor interrompiam o jogo e zombavam dos vãos esforços que os lobos faziam para apanhá-los.

Súbito, um estrondo ecoou. A porta do forte abriu-se e Henry pôde ver as feras derramarem-se na sala grande do forte, lançando-se contra ele. Com o romper das portas, o coro dos uivos crescera tremendamente. Aquele tumulto de sons o atordoou e o sonho foi se transformando em outra coisa, não sabia o quê, até que um turbilhão o envolveu.

Henry despertou para sentir que o turbilhão era realidade pura. Os lobos o estavam atacando. Amontoavam-se ao redor e sobre ele. Os dentes de um cravaram-se em seu braço. Instintivamente saltou para a fogueira e ao fazer esse movimento sentiu novos dentes se cravarem em sua perna. Começou a batalha com fogo. Como suas luvas de couro grosso lhe protegessem as mãos, pôde arremessar contra os inimigos punhados de brasas vivas. A fogueira transformou-se em vulcão.

Isso, entretanto, não podia prolongar-se por muito tempo. Seu rosto já estava horrivelmente queimado e o calor se fazia insuportável sob seus pés. Armado de dois archotes, Henry agia quase que dentro da fogueira. Os lobos recuaram. De todos os lados, onde quer que uma brasa ou tição houvesse caído, a neve chiava, e quando um lobo fugia ganindo, era certo ter pisado em fogo.

Sem interromper a manobra contra os inimigos mais próximos, Henry mergulhava as luvas estorricadas na neve e procurava "apagar" o fogo dos pés. Os dois cães haviam desaparecido, devorados pelos lobos como os precedentes.

– A mim não me pegam! – gritava o atacado, brandindo com fúria selvagem os tições, e ao som da sua voz o uivo das feras cresceu, vindo a loba sentar-se perto dele, pensativamente, toda ela fome, fome, fome.

Henry tratou de pôr em execução uma ideia que lhe ocorrera. Estabeleceu uma roda de fogo que lhe permitisse ficar a salvo no centro, e ali agachou-se, protegido da neve derretida pelas cobertas da cama. Quando se sumiu assim, oculto pela muralha de fogo, o círculo de lobos apertou-se, curioso de ver o que havia sucedido ao homem. Até então o encurralado não os deixara aproximarem-se. Estavam agora livres disso, e sentaram-se em torno da fogueira como cães domésticos que se aquecem, e ali ficaram, a piscar e bocejar, no gozo daquela improvisada e jamais vista quentura. Em dado momento, a loba sentou-se sobre as patas, ergueu o focinho para uma estrela e começou a uivar. Um a um, os lobos dela se aproximaram para fazer coro. Todos de focinhos erguidos para o céu uivavam o uivo sinistro da fome...

A madrugada afinal chegou. Depois, o dia. Os fogachos foram se extinguindo. O homem acastelado atrás tentou pôr o pé fora do círculo de defesa. Inutilmente. Os lobos barravam-lhe a saída. Novos tições arremessados fizeram-nos recuar, mas não abandonar a empresa. Em vão tentou Henry arredá-los do seu caminho. Viu que era impossível e afrouxou. Nada mais lhe restava a fazer...

Nesse instante, um lobo próximo deu-lhe um bote, mas errou o alvo, caindo com as quatro patas em cima do braseiro. Um grito de dor encheu o espaço e o assaltante sumiu-se aos pinotes para ir, longe, minorar com a frigidez da neve o ardor da queimadura. Henry acocorou-se sobre as cobertas de pele, recurvo para o chão, de ombros caídos, a cabeça entre os joelhos. Dera por finda a luta. De quando em quando ainda erguia os olhos para ver os progressos do amortecimento do fogo. O círculo de chamas estava já com brechas aqui e ali, brechas que iam se ampliando cada vez mais.

– Podem vir quando quiserem – murmurou o condenado. – Vou dormir. Não posso mais...

E dormiu, com a loba olhando para ele pensativamente. Minutos depois despertou, embora com a sensação de que dormira dias. Misteriosa mudança se operara – tão imprevista que Henry arregalou os olhos. Qualquer coisa acontecera... A princípio nada percebeu; depois tudo se tornou claro. Os lobos haviam desaparecido, deles restando apenas sinais, rastos na neve, neve apisoada. Estranho... Mas o sono já o ia vencendo de novo e sua cabeça já pendia para os joelhos, quando um tumulto amigo o chamou à vida.

Gritos de gente, deslizar de trenós, ringidos de arreiame, latir de cães... Quatro trenós vinham pelo leito do rio congelado em sua direção.

Breve se viu rodeado de meia dúzia de homens, que o sacudiam e o chamavam à plena consciência. Henry olhou-os apatetadamente e murmurou palavras de quem delira.

– A loba vermelha... Vem se misturar com os cães na hora do jantar... A princípio comia a comida dos cães... Depois comeu os cães... Depois comeu Bill...

– Onde está lord Alfredo? – perguntou-lhe um dos homens ao ouvido, sacudindo-o.

Henry fez não com a cabeça. "Não, não o comeram... Está num jirau, no último acampamento."

– Morto? – indagou o homem.

– Num caixão – foi a resposta. Em seguida arrancou-se com um safanão do homem que o interrogava.

– Deixe-me. Não posso mais. Boa noite para todos...

Seus olhos fecharam-se. Seu queixo tombou e, embora os salvadores o cobrissem com todas as peles encontradas, seus roncos ecoavam no ar gelado.

Nele também ecoava outro som. Longe, já bem longe, uivava a alcateia em procura de carne que substituísse a carne de homem que haviam perdido.

SEGUNDA PARTE

I
A batalha dos caninos

A loba pressentiu antes dos outros a chegada do socorro e foi a primeira a abandonar o assédio ao homem murado pelas fogueiras. O resto da alcateia ainda ficou ali por mais alguns minutos, até certificar-se bem do que vinha vindo, e só muito a contragosto abandonou a presa para seguir no rastro da loba.

À frente do bando trotava um grande lobo cinzento, que era um dos chefes da alcateia. Foi ele quem assumiu o comando e levou os demais na trilha da loba, rosnando avisos ou mordendo a algum mais moço que se atrevia a tomar-lhe o passo. Ao perceberem lá longe o vulto da guia, o bando acelerou a marcha.

Logo que todos se reuniram, a loba veio colocar-se ao lado do chefe, seu posto natural. Para ela o grande lobo cinzento não mostrava as presas nem fazia advertências ameaçadoras, como para os demais, revelando-se, ao contrário, especialmente bem-disposto. Sentia orgulho em tê-la ao lado, mas se acaso se aproximava mais do que o permitido, um arreganho ou mesmo uma dentada da loba o fazia entrar na ordem, sem que isso lhe despertasse a cólera. Limitava-se a recuar de um pulo e a manter-se na atitude de um vexado amoroso provinciano. Era este o único ponto fraco que o lobo cinzento mostrava na sua chefia do bando.

Perto da loba também trotava um magro lobo velho, cheio de cicatrizes de inúmeras batalhas. Ia sempre do lado direito, pelo fato de só possuir um olho, exatamente o esquerdo. Também este lobo velho se excedia às vezes, aproximando-se da loba a ponto de tocá-la com o focinho nos ombros ou pescoço, audácia repelida com a mesma dureza usada para com as liberdades do lobo cinzento. Em certos momentos, ela recebia as atenções de ambos, à direita e à esquerda, e então as mordidas se distribuíam violentas à direita e à esquerda. Os dois namorados repelidos mostravam-se os dentes, com rosnidos ferozes, sendo que só a fome, mais forte que o amor, impedia-os de estraçalharem-se mutuamente.

A cada repulsa, quando o lobo caolho era forçado a afastar-se de salto do objeto rebelde às suas atenções, costumava ombrear-se com um lobo jovem, de três anos, que nas marchas sempre se mantinha ao seu lado, sempre do lado do olho cego. Já havia atingido pleno desenvolvimento, este lobo jovem e, apesar da fraqueza da alcateia, consequência da longa fome, mostrava excepcionais condições de vigor físico e mental. Apesar disso, nas marchas trotava sempre meio corpo atrás de Caolho, que o mordia sem dó a cada tentativa de passar-lhe à frente. Às vezes metia-se entre Caolho e a loba, o que provocava repulsa tríplice. A loba voltava-se contra ele, rosnando, e Caolho, mais o lobo cinzento, faziam o mesmo.

Quando isso acontecia, o lobo jovem, assim defrontado por três repulsas ferozes, parava de chofre, firmando-se nas patas traseiras e, com as dianteiras esticadas, os dentes arreganhados e o pelo do pescoço em riste, caía em defesa. Esta confusão na vanguarda criava sempre confusão na retaguarda. Obrigados a deterem-se de súbito, os lobos colidiam uns com os outros e os mais fortes mostravam seu desprazer administrando dentadas aos mais moços, que lhes vinham aos flancos. O jovem enamorado tudo suportava; mas com a ilimitada confiança da mocidade repetia muitas vezes a sua manobra, embora até aquela data só conseguisse repulsas.

Se houvesse abundância de alimento, o amor faria valer os seus direitos, e a luta, que sempre o amor provoca, teria quebrado a ordem da alcateia em marcha. A situação porém era desesperadora. Estavam todos pendendo de fome, com a marcha em bando abaixo do normal. À retaguarda trotavam, trôpegos, os mais fracos, os muito jovens e os muito velhos. À frente vinham os mais fortes. Todos entretanto não passavam de sacos de ossos. Apesar disso, com exceção dos estropiados, o bando inteiro mostrava-se incansável. Seus músculos de aço pareciam fontes de inesgotável energia; atrás de cada contração muscular vinha outra, e outra, e outra, num rosário sem fim.

Correram muitos quilômetros naquela tarde. Correram durante toda a noite, e o dia imediato os encontrou ainda correndo. A zona que atravessavam era integralmente congelada e morta. Nenhum sinal de vida. Unicamente eles se moviam na imensidão desolada. Só eles viviam e, porque viviam, procuravam seres com vida que pudessem ser devorados para lhes proporcionar mais vida.

Atravessaram planuras baixas e cruzaram uma dezena de pequenos cursos d'água sem encontrar coisa alguma. Súbito perceberam ao longe um rebanho de alces, com um deles, enorme, distanciado do grupo. Estava ali afinal carne em abundância, e carne não defendida por círculo de fogueiras e arremesso de tições. Cascos largos e chifres em forma de palmas, isso os lobos conheciam, e não era coisa que exigisse paciência ou astúcia. O combate foi rápido e feroz. Assaltado de todas as bandas, em vão o alce estripava lobos a cornadas ou rompia-lhes o crânio. Estava condenado e caiu quando a loba, ferocíssimamente, lhe rompeu a carótida com os dentes afiados como navalhas. Antes que cessasse de viver, já uma aluvião de presas impiedosas lhe estraçalhavam a carne pelo corpo inteiro.

Alimento abundante. Aquele animal devia pesar mais de quatrocentos quilos, o que representava nove quilos de carne para cada um dos quarenta e tantos lobos da alcateia. Mas, se os lobos podem jejuar prodigiosamente, também podem comer prodigiosamente, de modo que muito breve daquela esplêndida presa só restavam ossos nus espalhados pela neve.

Agora, descansar e dormir. Mas com os estômagos cheios ressurgiu o instinto da luta, e contínuos duelos e pegas se travaram durante os dias subsequentes. Passara o período de fome. Estavam em região rica de caça e por isso espalharam-se, embora ainda caçassem juntos, de vez em quando, algum alce pesado ou algum velho pastor de rebanho, dos vários que viviam ali.

Um dia a alcateia desdobrou-se em duas partes, cada qual tomando uma direção diferente. A loba, com o jovem enamorado à esquerda e Caolho à direita, seguiu a metade da alcateia que enveredou para os lados do rio Mackenzie, até alcançar a região dos lagos, a leste. Esse bando foi minguando constantemente. Dois a dois, macho e fêmea, iam os lobos desertando. Às vezes um solitário macho reaparecia, vencido e expulso por um rival. Mas ao final ficaram apenas quatro – a loba, o chefe, o Caolho e o jovem enamorado. A loba desenvolvera ainda mais a ferocidade. Seus três seguidores andavam fortemente marcados pelos seus dentes, sem que, entretanto, jamais revidassem. Não se defendiam, sequer. Afastavam-se dela, procurando de longe aplacar-lhe a cólera com movimentos de cauda e passos macios. Essa ternura com a loba contrastava com a ferocidade de um para com o outro. O jovem enamorado tornara-se insolente a ponto de rasgar a orelha do Caolho em fitas. Não podendo o ofendido, por ser cego de um olho, lutar com o moço, recorreu à sabedoria que a sua longa experiência da vida lhe dera, e que estava escrita nas cicatrizes do focinho e do corpo. Havia sobrevivido a muitas batalhas para que receasse mais uma.

A luta começou lealmente mas não terminou assim, porque o astuto Caolho soube induzir o antigo chefe a ajudá-lo na destruição do insolente rival. De nada valeu a lembrança dos dias que com ele caçaram, bem como da grande fome e inúmeros perigos passados em comum: os dois lobos velhos lançaram-se ferozmente contra o jovem enamorado. Tratava-se agora do amor, mais cruel ainda que a fome.

Enquanto isso, a causadora de tudo os observava a distância, muito feliz, sentada sobre as patas traseiras. Chegara afinal o seu grande dia – o dia em que os pelos se eriçavam e os dentes se arreganhavam para a disputa da sua preferência.

Naquela batalha pelo amor, primeira e última da sua breve carreira no Wild, o lobo jovem perdeu a vida. Os dois vencedores tiveram o inenarrável prazer de sentarem-se um defronte do outro, com o cadáver do rival no meio; olhavam interrogativamente para a loba, que se mantinha indecisa a distância. Faltava ainda uma coisa: que se decidisse a superioridade de um dos vitoriosos. Isso veio logo. No momento em que o lobo cinzento voltou a cabeça para lamber uma ferida do ombro, deixando sem defesa o pescoço, Caolho viu a sua grande oportunidade e deu o bote. A carótida do antigo chefe estava cortada.

O ferido urrou terrivelmente, mas sua voz logo se amorteceu num grugulejo rouco. Esvaía-se em sangue, mas mesmo assim projetou-se contra o agressor, lutando heroicamente com o resto de forças que ainda lhe restavam. Por fim suas pernas foram perdendo a elasticidade; seus movimentos faziam-se cada vez mais frouxos; a luz dos olhos se apagava. Vencido.

Sempre sentada na neve, a loba sorria. O combate a tinha eletrizado, fazendo-a viver um grande momento. O amor no Wild manifesta-se sempre assim, como a tragédia natural do sexo, mas tragédia apenas para o que morre. Para os sobreviventes não passa duma grande euforia de vitória.

Quando o lobo cinzento não deu mais nenhum sinal de vida, Caolho dirigiu-se para o lado da loba, com um misto de triunfo e cautela no andar. Ia certo duma nova repulsa e foi com surpresa que não viu abrir-se nenhuma brancura em arreganho no focinho da amada. Pela primeira vez ela o recebia de maneira amável. Foram trocados cheiramentos de focinho e também brincaram, como se fossem cachorrinhos novos. Caolho soube comportar-se à altura das circunstâncias, mostrando-se ainda mais infantil e adoidado que um lobinho de meses.

O tempo correu. Já iam sendo esquecidos os rivais que escreveram a sangue na neve a história daquele amor. Caolho apenas os recordava quando lambia as feridas em cicatrização, e nesses momentos a cólera sentida durante a luta renascia; seu focinho arrepanhava-se num ricto de ódio e seus pelos eriçavam-se a meio, enquanto seu corpo todo se encolhia para o bote. Passados esses instantes, esquecia-os de novo completamente, indo cortejar a loba em seus passeios pela floresta.

Juntos viveram e juntos correram pelas matas daí por diante, sempre como bons amigos que se entendem. Gastavam os dias caçando e comendo em comum, e assim foi até que a loba principiou a dar mostras de inquietação. Procurava qualquer coisa difícil de encontrar. Os ocos dos grandes troncos caídos pareciam atraí-la, bem como as covas das rochas e dos bancos de gelo. Caolho não tinha nenhum interesse naquelas investigações, mas a seguia de bom humor; se ela se demorava muito tempo dentro duma caverna, ficava à entrada a esperá-la com toda a paciência.

Não paravam muitas horas num lugar; iam viajando e assim lentamente alcançaram e desceram o rio Mackenzie, só o deixando para breves excursões de caça ao longo dos seus pequenos afluentes. Várias vezes cruzaram com outros lobos, em geral casais, mas não havia nenhuma demonstração de amizade de parte a parte, nenhum desejo de retornarem à vida em alcateia. Também encontraram lobos solitários, sempre machos, que insistiam em acompanhar Caolho e sua consorte; mas a recepção habitual – pelos arrepiados e dentes em arreganho – fazia-os mudarem de ideia.

Certa noite de lua, em que atravessavam um silencioso trecho de floresta, Caolho parou de súbito; seu focinho ergueu-se, sua cauda enrijou e suas narinas se dilataram ao farejarem o ar. Com um pé erguido à moda dos cães, não parecia satisfeito e continuou alerta às brisas, no esforço de captar a mensagem trazida. Já com a loba não se dava o mesmo. Um rápido farejamento de ar a satisfez por completo, e ela veio sossegar seu companheiro e levá-lo dali. Caolho a seguiu, embora em dúvida, com paradas súbitas para novos farejamentos.

Num certo ponto, a loba seguiu esgueirante para a orla de uma clareira. Foi sozinha. Minutos depois Caolho, arrastando com todos os sentidos apurados e com cada fio de pelo denotando infinitos de suspeita, veio juntar-se a ela. E ali ficaram ambos, lado a lado, em minuciosa observação do que ouviam e farejavam.

Vozes caninas e gritos guturais dos homens misturados com chiadeira feminina e choro de crianças lhes chegavam aos ouvidos, e viam o vulto das barracas de couro com fumaça erguendo ao lado. Muitas coisas eram percebidas com as narinas – os inúmeros cheiros de um acampamento de índios, incompreensíveis para Caolho, mas reconhecíveis pela sua companheira.

A loba mostrou-se estranhamente agitada. Farejava, farejava o ar com crescente deleite enquanto Caolho persistia em sua desconfiança, traindo de cem modos as suas apreensões e insistindo em safar-se dali. A loba tinha de voltar-se para ele e tocar-lhe no ombro de modo a tranquilizá-lo. Em seguida voltava a observar o acampamento, com uma nova atenção a desenhar-se em sua atitude – não mais a atenção da fome. Parecia arder por aproximar-se, por chegar rente ao fogo, por meter-se entre a matilha e negacear os homens.

Mas aquela inquietação em que vivia a loba, acalmada momentaneamente pela descoberta do acampamento indígena, voltou mais forte e fê-la sair dali para a continuação das suas pesquisas, isso para grande alegria de Caolho que só readquiriu a calma ao ver-se plenamente abrigado pelo espesso da mata.

Caminhavam silenciosos como sombras ao brilho da lua. Súbito, uma pista lhes caiu sob os olhos, e imediatamente os dois focinhos se abaixaram para as pegadas impressas na neve. Pegadas frescas. Caolho tomou a frente, ainda cauteloso, seguido nos calcanhares pela esposa; as pequenas almofadinhas das patas de ambos imprimiam-se na neve, silenciosas e macias como o veludo.

Percorriam nesse momento um túnel natural rasgado entre pinheiros novos, e era na abertura luminosa do outro lado que a coisa branca se movia. Caolho deitou a correr na velocidade máxima, ansioso por apanhar a presa. Alcançou-a. Um bote agora e a teria nos dentes. Deu o bote – e nada! A mancha branca fugiu para o ar num arranco súbito e ficou dançando no espaço por sobre a sua cabeça.

Caolho recuou, tomado de medo, e agachou-se, com ameaças rosnadas para o incompreensível mistério branco. Em seguida, desgostoso do recuo, avançou de novo e desta vez agarrou nos dentes a brancura. Nesse momento preciso, entretanto, percebeu atrás de si um estalidar suspeito e num relance seu único olho viu a vara nua de um jovem pinheiro dobrar-se sobre ele, como para vergastar-lhe o lombo. Largou a presa e com um salto agilíssimo fugiu com o corpo ao estranho perigo; imediatamente a vara retomou a posição vertical, enquanto a coisa branca – um coelho – voltava a dançar no espaço.

A loba havia chegado e, colérica, foi cravando os dentes na espádua do companheiro como para demonstrar desaprovação. Caolho reagiu e também a mordeu no focinho, amedrontado como estava e incapaz de compreender o motivo da mordida. A loba, que jamais esperara por aquilo, enfureceu-se, e embora Caolho voltasse a si e lhe reconhecesse as boas intenções, ela não se acalmou, e fê-lo sofrer o castigo inteiro, uma série de mordidelas punitivas pelos ombros e pescoço.

Enquanto isso, o coelho branco continuava dançando no espaço. A loba sentou-se na neve como espectadora, e o marido, agora com mais medo dela do que da misteriosa vara, deu outro salto para apanhar o coelho. Agarrou-o nos dentes, mas ao puxá-lo viu que a vara de novo se vergava sobre ele. Agachou-se para evitar o golpe, com os pelos eriçados de pânico, mas sem largar a presa. O golpe da vara não veio. O lobo viu que quando ele se movia a vara também se movia, e rosnou contra ela por entre os dentes ferrados no animalzinho. Mas como a vara se mantinha imóvel quando ele se imobilizava, Caolho permaneceu imóvel, sem saber o que fazer, gozando, entretanto, a deliciosa sensação do sangue quente da presa, a filtrar-se para a sua boca.

Foi a companheira quem o tirou daquela embaraçosa situação. Tomou-lhe da boca a presa e deixando que a vara sobre ela tremesse ameaçadora, com toda a calma decepou do corpo a cabeça do animalzinho. Imediatamente o pinheiro voltou à posição vertical, prescrita pela sua natureza. A loba e o lobo então comeram em paz a caça para eles caçada pela misteriosa árvore.

Havia outros rastros pelos túneis abertos na mata, que conduziam a outros coelhos igualmente dançantes no espaço. O casal de caçadores os seguiu a todos, com a loba à frente, como guia. E Caolho aprendeu assim a roubar as presas que os homens apanhavam em suas armadilhas.

II

O ninho

Por dois dias o casal de lobos rondou o acampamento índio. Sempre apreensivo, Caolho não entendia a fascinação que o acampamento exercia sobre sua companheira, cada vez mais relutante em afastar-se dali. Certa manhã, porém, as brisas lhes trouxeram ao faro o cheiro de um rifle empunhado por mão humana. Logo em seguida veio uma bala ferir um tronco de pinheiro a algumas polegadas de Caolho. Não houve mais hesitações. Fugiram ambos a toda velocidade.

Não se afastaram excessivamente, entretanto: apenas dois dias de jornada. O interesse da loba em encontrar o que andava procurando aumentara. Sentia-se muito pesadona, a ponto de correr com visível esforço. Certa vez em que dava caça a um coelho, bicho de pouca importância, teve de desistir do pega e deitar-se para longo descanso. Caolho veio pressurosamente assisti-la; mas quando com toda gentileza lhe tocou no pescoço com o focinho, recebeu como resposta um "nhoc" feroz, que o fez cair de costas, de puro susto. A violência crescente dos caprichos da loba contrastava com a solicitude sempre maior do esposo.

A poucos quilômetros da foz de um rio que no verão desaguava no Mackenzie a loba encontrou, afinal, o que tanto procurava: uma barranca alta, de terra argilosa, toda corroída pelas chuvas da primavera e pelas erosões do degelo. Nessa barranca existia uma fenda que conduzia a uma cava.

A loba entreparou à boca da fenda para examinar-lhe cuidadosamente as paredes. Depois estudou toda a barranca, dum extremo a outro, e finalmente decidiu-se a entrar. Teve de ir de agacho, tão estreita era a fenda, mas logo alcançou uma cava arredondada, que media um metro e oitenta de diâmetro. O teto baixo quase lhe tocava a cabeça. Bom antro. Seco e cômodo. A loba inspecionou-o com todo o cuidado, enquanto o lobo a esperava com infinita paciência lá fora. Deu várias voltas em redor de um ponto, com o focinho rente ao chão e afinal, com um suspiro, relaxou os músculos e deitou-se de cabeça voltada para a porta. Caolho, cujo vulto negro se estampava lá fora de encontro à luz, sacudiu a cauda e ergueu as orelhas, sorrindo para ela. Também as orelhas da loba se esticaram para trás por um momento e de sua boca entreaberta a língua pendeu, palpitante. Era sinal de que estava contente de tudo.

Caolho sentia a fome apertar. Entretanto deitou-se à porta da caverna e dormiu. Teve um sono espasmódico, inquieto, e acordou logo, voltando as orelhas para a paisagem de neve cintilante ao sol de abril. Durante a curta soneca chegaram-lhe aos ouvidos murmúrios de água corrente, e agora que despertara prestava toda a atenção a esses amáveis sons da natureza. O sol viera finalmente iluminar de novo a Northland[18] tanto tempo mergulhada no gélido sono hibernal. Tudo no despertar da natureza apelava para o lobo. A vida, que já fervilhava. O ressaibo[19] de primavera, que boiava no ar. O rebroto das plantas sob a neve. A seiva subindo nas árvores, fazendo com que os botões quebrassem a camada de gelo.

---

18 Northland: expressão inglesa que significa "terra do norte".
19 Ressaibo: indício, sinal, vestígio.

Caolho lançava olhares ansiosos à companheira internada na cava, que não mostrava sinais de querer erguer-se de onde jazia. Depois volveu os olhos para um bando de aves migratórias que riscavam o céu. Quis levantar-se, mas relanceando os olhos para a companheira e vendo-a quieta, aquietou-se também e passou a cochilar de novo. Mesmo dormindo ouviu um "fium" no ar, e por duas ou três vezes sua pata varreu o focinho. Afinal despertou. Lá estava; pairando sobre o seu nariz, o autor do "fium": um solitário mosquito que sobrevivera ao inverno e fora chamado à vida pelos primeiros calores do sol.

Caolho esgueirou-se para dentro da cava com a ideia de persuadir sua companheira a vir para fora. Ela porém rosnou que não e ele retirou-se, resolvido a um passeio pela neve brilhante de sol. Estava já tão mole a neve que o impedia de correr. Isso o levou a subir o leito congelado do rio onde, defendida pela sombra das árvores, a neve se conservava ainda suficientemente dura para permitir a marcha de um lobo. Lá encontrou caça, mas não conseguiu apanhá-la. Os coelhos levezinhos corriam para a neve mole, sobre cuja superfície deslizavam lépidos sem que ele pudesse segui-los.

Caolho voltou, e ao chegar deteve-se surpreso à entrada da caverna. De dentro vinham estranhos sons, que, embora não habituais, lhe eram vagamente conhecidos. Entrou agachado e humilde, mas foi recebido pelo feroz rosnar de advertência da esposa. Caolho acatou o aviso sem discutir, e deteve-se a meia distância, sempre intrigado pelos sons fraquinhos, como de choro, que ouvia.

Sua companheira não se contentou com isso. Irritada, intimou-o a retirar-se para mais longe. Caolho obedeceu, indo enrodilhar-se à entrada da caverna, onde logo dormiu. Quando rompeu a manhã e sua débil luz penetrou na caverna, Caolho ouviu novamente chorinhos que lhe eram remotamente familiares. E notou que nos rosnidos da companheira ressoava uma nota nova. A nota do ciúme – e era isso que a fazia mantê-lo tão a distância.

Por fim vislumbrou, ao longo do ventre da mãe deitada, cinco estranhos novelos vivos, moles e tontos, com olhos ainda não abertos para a luz. Caolho surpreendeu-se, embora não fosse a primeira vez que observava semelhante coisa.

A loba não tirava os olhos dele, estranhamente inquieta. Rosnava repetidas vezes em tom cavo[20], e sempre que o via dar mostras de querer aproximar-se, lançava-lhe a ameaça de botes violentos. É que a loba não tinha nenhuma experiência do que estava se passando e a voz do seu instinto, que somava toda a velha experiência de todas as mães-lobas, sussurrava-lhe a história de pais-lobos que haviam devorado a prole indefesa. Isso punha-lhe tal medo no coração que de nenhum modo ela permitia que o esposo inspecionasse de perto os seus próprios filhos.

Não havia, entretanto, nenhum perigo. Caolho sentia-se dominado pelo instinto paternal, que herdara de todos os seus antepassados, pais de lobinhos. Não discutia os impulsos sentidos no íntimo de seu ser. Parecia-lhe a coisa mais natural do mundo que obedecesse àquela voz íntima e que só pensasse na segurança e subsistência da família.

A alguma distância dali o rio se dividia em dois ramais. O lobo para lá seguiu, e tomou pelo esquerdo, logo descobrindo uma pista fresca. Tão fresca que se agachou repentinamente, espiando inquieto na direção em que os rastros desapareciam. Eram pegadas maiores que as suas, sinal de que naquele rumo não havia carne de fácil conquista. Caolho mudou de campo. Foi percorrer o ramal direito do rio.

Havia andado oitocentos metros quando seus ouvidos colheram no ar um rumor de dentes que roem. Deu caça, cautelosamente, e descobriu um porco-espinho de pé contra uma árvore,

---

20 Tom cavo: tom rouco e profundo.

cuja casca roía. Caolho achegou-se com todo o cuidado, mas sem grandes esperanças. Conhecia aquele animal, embora nunca em sua vida houvesse caçado algum. Mas sua experiência da vida ensinara-lhe o sentido do que os homens chamam chance – e continuou a aproximar-se do porco-espinho. Com um animal vivo, pensava ele, ninguém prevê o que virá a acontecer; a vida faz com que tudo varie sempre.

O porco-espinho, ao perceber a presença do lobo, enrodilhou-se em forma de bola, pondo à mostra, de todos os lados, os seus terríveis espinhos de defesa. Certa vez, na sua mocidade, Caolho havia farejado de muito perto um animal daqueles, bola inerte na aparência, e o resultado fora receber nas ventas uma cruel rabanada. Um espinho se cravou nelas, e ficou doendo horrivelmente até que inflamasse e por si mesmo saísse. Recordando-se disso, deitou-se comodamente perto do animal, com o focinho em repouso entre as patas. E esperou, em absoluta imobilidade. Talvez qualquer coisa favorável acontecesse. Talvez o porco-espinho se desenrolasse. Talvez lhe desse oportunidade para um violento golpe de pata na tenra e desguarnecida região do abdômen, a única que era vulnerável.

Ao final de uma hora de inútil espera, o lobo desanimou, rosnou colérico para a bola impassível e foi-se. Já havia, no passado, gasto muito tempo aguardando que tais bolas se desenrolassem, para que perdesse mais um minuto com aquela. E continuou pelo ramal direito do rio.

Perdera já muitas horas sem que nada lhe caísse nas unhas. Era preciso, entretanto, encontrar carne para a família na toca. Continuou a investigar. Inesperadamente encontrou-a. Deu de chofre com uma ptármiga[21], ave lerda e pesadona, pousada

---

21 Ptármiga: espécie de perdiz migratória, das regiões árticas, cuja plumagem, no inverno, se torna quase branca.

num tronco, a palmos do seu focinho. A ave incontinenti armou voo, mas sem tempo de escapar ao tapa que a jogou por terra. O lobo agarrou-a nos dentes. Afinal! E já ia devorando aquela carne tão agradável à sua fome, quando se lembrou da prole. Interrompeu a mastigação e tomou o caminho da cava com a presa nos dentes.

Cerca de um quilômetro e meio acima da bifurcação do rio encontrou de novo as pegadas largas que descobrira pela manhã, e como elas seguiam na mesma direção que ele, seguiu-as, preparado para enfrentar corajosamente o que quer que fosse. Rente a umas rochas que bordejavam uma curva do rio, seus olhos agudíssimos perceberam algo que o fez instantaneamente ficar em guarda. Estava perto do dono dos rastros: um lince. E logo o vislumbrou, agachado e imóvel, defronte da bola de espinho, exatamente como ele estivera algum tempo antes. Se até ali o lobo havia caminhado como sombra que desliza, tinha agora de marchar como sombra de sombra, e assim, qual fantasma de sombra, deu a volta necessária para colocar-se num bom ponto de observação, sem ser pressentido nem por uma nem por outra das duas carnes que o defrontavam.

O lobo deitou-se na neve e, largando de lado a ptármiga, ficou espiando por entre as agulhas dos pinheirinhos novos o drama das duas esperanças. O lince e o porco-espinho – ambos esperavam. Esperavam, um matar, outro viver. O meio de viver era, para um, comer, para o outro, não ser comido. O velho lobo também tomaria parte no drama, igualmente esperando. Esperando que por algum passe imprevisto da chance lhe coubesse qualquer coisa.

Meia hora se passou. Uma hora. A bola de espinhos parecia congelada pelo frio. Caolho parecia ter morrido. Estavam os três, entretanto, sob uma tensão nervosa que chegava a doer. Mais vida era impossível do que a que se continha naquela aparente petrificação tríplice.

Súbito Caolho remexeu-se imperceptivelmente, e apurou ainda mais a vista. Algo estava prestes a acontecer. A bola fizera um pequeno movimento, como que para abrir-se. Calculando que o seu inimigo lince já houvera desistido da caça, farto de tão longa espera, o porco-espinho cautelosamente foi se desenrolando, e assim quebrando a sua inexpugnável defesa. Lentamente abriu-se, espichou-se, fazendo com que da boca do lobo brotasse saliva, à excitação daquela carne a desdobrar-se diante de sua fome como oferta de um delicioso repasto.

Não estava ainda a bola estirada de todo quando percebeu que o inimigo permanecia na tocaia. Nesse instante preciso o lince desferiu o golpe. Golpe rápido como o relâmpago. Sua pata de afiadas garras recurvas rasgou a barriga sem espinhos da vítima. Se o porco estivesse inteiramente desenrolado, ou se houvesse percebido a presença do lince uma fração de segundo mais tarde, a pata que o feriu teria escapado ilesa. Mas não foi assim, e ele teve tempo de cravejá-la com um punhado de espinhos.

O drama transcorreu num relance – golpe de pata do lince, contra-golpe de cauda do porco-espinho, grito de agonia da vítima e uivo do gatão selvagem, atônito com o inesperado desfecho. O lobo ergueu-se do seu esconderijo, movido pela excitação, com as orelhas a prumo e a cauda a tremer no ar. O drama prosseguiu. Cego de furor, o lince arremessara-se contra a criatura que o ferira, mas essa criatura, grunhindo de dor e com as tripas de fora, conseguiu ainda enrodilhar-se e desferir novos golpes de cauda. O lince teve de recuar, com o focinho transformado em almofada de alfinetes. No seu desespero, esfregava as patas no rosto, mergulhava o nariz na neve, raspava-o de encontro às árvores, saltando como um doido dum lado para outro, no frenesi da dor e do pânico. E, a espirrar, lançou-se pela floresta adentro, miando desesperadamente a cada salto.

Mal os miados do lince morreram na distância, o lobo entrou em ação. Aproximou-se, com toda cautela de velho sabido, como se a neve do solo não passasse de uma imensa bola de espinhos prontos a se cravarem em suas patas. O porco o recebeu com um grunhido agoniado e um último arreganho dos longos dentes. Procurava manter-se embolado, mas já não conseguia. As forças o abandonavam. Tinha o ventre rasgado a fundo e sangrava em abundância.

Caolho antecipou o repasto enchendo a boca com a neve impregnada de sangue, que mastigou e engoliu, à guisa de aperitivo. Embora isso fizesse sua fome crescer enormemente, não o impediu de agir com todas as precauções. Deitou-se e pacientemente esperou que a vida fosse abandonando o corpo dilacerado da vítima. Por fim percebeu que os espinhos eretos caíam frouxos e que mais nenhum tremor agitava o corpo da vítima.

Com a pata ainda nervosa e cautelosa, revirou o porco-espinho de ventre para cima. Nada sucedeu. Estava morto e bem morto. Caolho o examinou lentamente por uns instantes; depois o agarrou por onde melhor pôde e começou a arrastá-lo para a cava, tendo o cuidado de não pisar em nenhum espinho. Súbito parou, lembrando-se de alguma coisa. Era a ptármiga. Voltou para procurá-la e, já seguro do que estava fazendo, comeu-a. Em seguida retornou à tarefa de conduzir a presa espinhenta à caverna da loba.

Quando lá apareceu com o resultado de um dia inteiro de caça, a loba inspecionou o petisco e, voltando para ele o focinho, lambeu-o de leve no pescoço. Apesar disso, no próximo minuto estava ela de novo avisando-o com rosnidos para não aproximar-se demais dos filhotes. Aquele instintivo medo do apetite do pai dos seus filhos foi, entretanto, caindo de intensidade. O lobo estava realmente comportando-se como um bom pai, sem nenhuma manifestação de intencionar comer os filhos recém-vindos ao mundo.

III

O lobinho cinzento

Era diferente do resto da irmandade. O pelo dos outros já traía o tom avermelhado da mãe; só aquele puxara ao pai, único de tom acinzentado na ninhada. Lobo puríssimo, fisicamente igual a Caolho, com a única diferença de não ser cego de uma vista.

Seus olhinhos ainda não estavam de todo abertos, mas ele tudo via com extrema precisão. E mesmo no período em que tinha os olhos fechados já revelara o apuro dos outros sentidos – o olfato, o paladar e o tato. Conhecia muito bem, por exemplo, seus dois irmãos e suas irmãs. Rosnava para todos chorosamente e, de maneira incerta, começava também a disputar. Sua gargantinha vibrava de cólera sempre que se doía por alguma coisa. Também antes de ter os olhos abertos aprendera pelo tato, pelo paladar e pelo olfato a distinguir sua mãe, fonte de calor, ternura e alimento líquido, cuja língua, macia e acariciante, o alisava e o puxava para si quando era momento de dormir.

A maior parte do tempo do seu primeiro mês de vida passara-a dormindo; mas agora os seus olhinhos viam perfeitamente e ele se conservava desperto mais horas, aprendendo as coisas do mundo. Do mundo? Do seu mundinho, resumido naquela cava sempre mergulhada em penumbra. Seus olhos não conheciam mais luz do que a escassíssima que penetrava ali. Embora, entretanto, tudo para ele acabasse no limite das paredes que o cercavam, não se sentia oprimido pela estreiteza do espaço.

Bem cedo percebeu que uma das paredes do seu mundo era diferente das outras – a parede na qual se abria a fenda de comunicação com o exterior e por onde entrava a luz. Descobriu isso quando ainda não lhe passava pela cabeça nenhum pensamentinho, nem sentia vontade de nada. Aquela abertura com luz começou a exercer uma irresistível atração sobre seus olhos, que não se despregavam delas. A luz lhe tocara muito cedo as pálpebras ainda cerradas, fazendo os nervos ópticos impressionarem-se com uma vermelhidão estranhamente agradável. A vida do seu corpo, e de cada fibra do seu ser, o impelia para aquela luz, do mesmo modo que a vida da planta a impele para o sol.

No princípio, antes que sua vida consciente desabrochasse, costumava arrastar-se para a parede de luz, sempre seguido dos irmãozinhos. A luz os atraía, como se fossem plantas; a química da vida reclamava luz como algo vital, e seus corpinhos cegos para ela se arrastavam quimicamente, como gavinhas[22] das plantas trepadeiras. Mais tarde, quando cada qual desenvolveu a sua personalidade e se tornou cônscio de seus impulsos e desejos, a atração da luz cresceu. Viviam constantemente fugindo para ela, contra a vontade da loba, que não cessava de trazê-los de volta.

Foi quando o lobinho cinzento descobriu que havia em sua mãe alguma coisa mais do que a língua macia e carinhosa. Descobriu que possuía também um focinho, com o qual os jogava para trás, e também patas, com as quais os varria e os mantinha comprimidos contra si. Aprendeu então a também dar golpes e a defender-se deles, fugindo com o corpo.

---

22 Gavinha: órgão de fixação das plantas trepadeiras, com o qual se prendem a outras.

Já eram atos conscientes, resultado de suas primeiras generalizações sobre o mundo. Antes disso, ele encolhia-se automaticamente diante do golpe, do mesmo modo que se agachava automaticamente diante da luz. Fazia o mesmo agora, mas sabendo que um golpe era um golpe.

Era um lobinho destemido, como seus irmãos e irmãs. Entretanto, já sabia rosnar mais alto que eles e suas raivazinhas excediam às dos outros. Aprendeu logo a derrubá-los com um golpe de patas, como também a agarrar qualquer um deles pela orelha e arrastá-lo. Nenhum dava à loba mais trabalho, sobretudo para evitar que escapasse da cava, do que o lobinho cinzento.

A fascinação que a luz do dia lhe causava crescia sempre. Vivia perpetuamente escapando para a entrada da caverna e perpetuamente sendo varrido para trás. Mas ignorava que ali fosse uma entrada; nada sabia sobre entradas, ou passagens por onde se vai de um lugar para outro. Aquilo para ele era apenas uma parede de luz, o sol do seu universo de um metro e oitenta de diâmetro. Esse sol o atraía como a lâmpada atrai a mariposa. O lobinho não cessava de tentar atingi-lo. A vida que dentro dele estuava[23] sabia que era por ali o seu caminho, embora ele ignorasse que houvesse qualquer coisa lá fora.

Um fato o impressionava naquela parede de luz. Seu pai (ele já reconhecia seu pai como habitante do seu mundinho e que dormia dentro da luz e era o portador de carne) tinha o hábito de caminhar em linha reta para a parede de luz e desaparecer dentro dela. Impossível para o lobinho compreender aquilo. Como sua mãe sempre o tivesse impedido de chegar até essa parede, experimentara as outras, às escuras, e encontrara um obstáculo que o impedia de as penetrar. Davam-lhe de encontro ao narizinho e o machucavam, e

---

23 Estuar: pulsar, vibrar, agitar-se.

por isso, depois de várias experiências, desistiu de atravessá-las. Por fim, depois de muito pensar, admitiu aquele desaparecimento de seu pai através da parede de luz como uma propriedade, uma peculiaridade, como o leite era uma peculiaridade de sua mãe.

Na realidade, o lobinho não pensava, ou pelo menos não pensava à maneira humana. Seu cérebro trabalhava de maneira obscura, mas suas conclusões eram tão precisas e claras como as que o pensamento traz aos homens. Tinha um método de aceitar coisas sem questionar o como e o porquê. Na verdade não era isto mais que simples classificação. Nunca se preocupava com o porquê de uma coisa acontecida. Bastava saber como ela acontecia. Assim, quando bateu com o nariz na parede que intentava atravessar, aceitou o fato de que não podia desaparecer dentro dessa parede, como fazia seu pai com a parede de luz. Mas não se preocupou em descobrir as razões da diferença entre si e seu pai. A física e a lógica não entravam na sua formação mental.

Como a maior parte das criaturas do Wild, muito breve o lobinho conheceu a fome. Tempo veio em que não somente cessou o suprimento de carne trazida pelo lobo, como se estancou o leite fornecido pela loba. A princípio os lobinhos choraram, depois passaram a dormir todo o tempo. Em seguida, foram tomados pela sonolência da fome, e cessaram com as brincadeiras, as briguinhas, os rosnidos de raiva. Dormiam, enquanto a reserva de vida acumulada dentro deles ia se extinguindo.

Caolho estava em desespero. Fazia excursões longas e raramente vinha dormir na cava, agora quebrada pela tristeza da miséria. Mãe-loba também deixava a sua ninhada e saía à procura de carne. Nos primeiros dias do nascimento dos filhos, Caolho rondara diversas vezes o acampamento dos índios para roubar os coelhos colhidos nas armadilhas. Mas com a fusão da neve e o degelo dos rios os índios haviam se mudado dali, de modo que aquela fonte de alimento logo se extinguiu.

Quando o lobinho cinza voltou à vida e de novo tomou interesse pela parede de luz, viu que a população do seu pequeno universo estava bastante reduzida. Restava-lhe apenas uma irmã. O resto fora-se. E logo que se sentiu mais forte teve de brincar sozinho, porque sua irmã ainda não podia erguer a cabeça. Já havia carne em abundância ao redor deles; a pobrezinha, entretanto, continuava dormindo, feita um pequeno esqueleto, do qual a vida ia fugindo lentamente. Morreu também.

Depois veio um tempo em que o lobinho não viu mais seu pai entrando e saindo pela parede de luz, nem deitando-se para dormir ali perto. Isto sucedeu pelo fim de uma segunda, embora menos severa, fome. A loba sabia que Caolho jamais retornaria, mas não tinha meios de contar ao lobinho a cena que ela havia presenciado. Caçando uma tarde ao longo do ramal esquerdo do rio, onde morava o lince, seguira as pegadas frescas de Caolho e encontrara-o, ou antes, encontrara no fim desse rastro o que restava dele. Viu inúmeros sinais de luta, bem como os sinais da retirada do lince para a sua caverna depois da vitória. A loba chegou a descobrir essa caverna, na qual não ousou entrar, percebendo que o morador estava dentro.

Depois disto a loba sempre evitou caçar por aqueles lados. Sabia que o lince-fêmea estava com filhotes novos e não ignorava em que feroz e terrível lutadora se transformava nesse estado. Doze lobos a caçariam, mesmo se se defendesse de cima de uma árvore, mas coisa muito diferente seria lutar corpo a corpo.

O Wild, entretanto, é o Wild, e maternidade é maternidade. Tempo chegaria em que a loba, por amor ao seu lobinho cinzento, se animaria a caçar daqueles lados e a desafiar a mãe-lince que lhe dera cabo do esposo.

IV

A muralha do mundo

No período em que mãe-loba começou a deixar a cava para excursões de caça, o lobinho aprendeu muito bem a lei que proibia a sua aproximação da entrada luminosa. Não somente havia sido essa lei ensinada por sua mãe a golpes de focinho e pata, como pelo instinto do medo que nele já se desenvolvia. Nunca, na sua curta vida na cava, encontrou qualquer coisa que lhe despertasse o medo. Não obstante veio a conhecer o medo. Da remota ancestralidade de milhares e milhares de avós recebeu a primeira lição. Fora a herança que lhe deixara o pai-lobo, herança que por sua vez Caolho recebera de todas as gerações que o haviam precedido. Medo! Legado do Wild que nenhum animal escapa de herdar, nem pode recusar.

O lobinho aprendeu o medo, sem procurar saber de que era feito. Possivelmente aceitou-o como uma das restrições da vida. Porque o lobinho já sabia da existência de restrições. O áspero e duro obstáculo das paredes, os golpes de focinho e as violentas varridelas de pata de sua mãe, bem como a longa fome já por duas vezes padecida haviam-lhe ensinado que tudo na vida não são flores, que há limitações, ou restrições. Estas limitações e restrições constituíam leis. Obedecer a elas era escapar a perigos e conseguir felicidade.

Mas o lobinho não raciocinava deste modo, humanamente. Apenas classificava as coisas que faziam doer e as que não faziam doer. E depois de tal classificação, evitava as coisas que faziam doer – restrições e limitações – de modo a só gozar o bom da vida.

Assim, era em obediência à lei estabelecida pela sua mãe, como também em obediência à lei daquela coisa desconhecida e para ele sem nome, o medo, que se mantinha afastado da boca da caverna. Enquanto sua mãe estava ausente ele dormia o tempo todo, e se acontecia acordar, conservava-se quieto, negando saída aos gritos que vinham lhe fazer cócegas na garganta.

Numa dessas vezes ouviu um estranho som na parede luminosa. Era um carcaju[24] que, admirado e tremendo da própria audácia, farejava o conteúdo da cava. O lobinho verificou logo que o rumor lhe era desconhecido, ainda não classificado e, portanto, terrível. O desconhecido sempre foi um dos principais ingredientes de que se forma o medo.

Seus pelos arrepiaram-se mas arrepiaram-se sem que ele emitisse o menor som. Como saberia que essa coisa que lá fora farejava o ar era uma perto da qual os pelos deviam arrepiar-se? Não se tratava de lições aprendidas, mas sim da reação exterior do pânico que agia dentro dele, pânico seguido do impulso de outro instinto – o de ocultar-se. Viu-se tomado de um imenso terror e permaneceu mudo e imóvel, como petrificado, com toda a aparência de morto. Quando a loba reapareceu, rosnou assustada diante dos rastros do carcaju e entrou na caverna precipitadamente, lambendo o pelo do lobinho e fazendo-lhe outras carícias com desusada veemência de afeição. E o lobinho cinzento percebeu que de qualquer modo havia escapado de um grande perigo.

Outras forças além dessas agiam dentro dele. Uma, o crescimento. Os instintos e as leis exigiam-lhe obediência, mas o crescimento

---

[24] Carcaju ou glutão: mamífero carnívoro, que habita nos Estados Unidos e no Canadá; ficou famoso por sua astúcia e força.

exigia desobediência. Sua mãe e o medo compeliam-no a conservar-se afastado da parede de luz. Mas crescimento é vida e vida procura luz. Em virtude disso era-lhe impossível frear a maré de vida que crescia dentro de si, maré que encorpava a cada pedaço de carne ingerido e a cada novo gole de ar respirado. Um dia, finalmente, o medo e a obediência foram postos de banda por um impulso maior de vida – e o lobinho caminhou intrepidamente para a parede de luz.

Ao contrário das outras paredes, nas quais batia com o nariz, essa como que recuava diante dele. Nenhuma superfície dura se chocou com o seu focinho. A substância de que era feita a parede parecia permeável. E assim penetrou no que sempre lhe parecera parede de luz e foi caminhando por dentro daquela maravilhosa substância clara.

O tato o encheu de espanto. Estava movendo-se dentro de uma parede, isto é, de uma coisa sólida. E a luz, à medida que caminhava, ia aumentando de fulgor. O medo impelia-o para voltar para a sombra, mas o "crescimento" o empurrava para adiante. Súbito, encontrou-se na boca da caverna. A parede dentro da qual julgava estar desaparecera por completo. A luz tornara-se viva de doer nos olhos. O lobinho sentiu-se ofuscado. Também o ofuscava a tremenda amplidão do espaço. Automaticamente seus olhos foram se ajustando à luminosidade e pondo-se em foco para alcançar a distância dos objetos. A parede havia desaparecido de súbito da sua visão, mas agora ele a via de novo. Remotíssima, porém, e muito diferente do que sempre lhe pareceu. Via-a como uma barroca variegada[25], roída de erosões das chuvas, com uma montanha além das árvores e um céu sobre a montanha.

Grande medo o assaltou diante daquele terrível desconhecido. O lobinho deitou-se à entrada da caverna, olhando para o mundo. Dominava-o um pavor terrível. O desconhecido lhe parecia hostil,

---

25 Variegada: de várias cores ou tons.

e os pelos se arrepiaram ao longo do seu dorso, e seus beicinhos se crisparam numa tentativa de arreganho feroz, que intimidasse. De dentro de sua pequenez apavorada, ele lançava assim um desafio e uma ameaça contra o mundo exterior...

Nada aconteceu. O lobinho continuou olhando e o interesse que tudo lhe causava o fez esquecer o arreganho. Também o fez esquecer o pânico. Momentaneamente o medo foi suplantado pelo "crescimento", que assumia a forma de curiosidade. Principiou a prestar atenção às coisas próximas: um trecho do rio que cintilava ao sol, a rampa que descia até às águas e um grande pinheiro morto existente por ali.

Até então havia vivido sobre solo nivelado, sem ter tido sequer a experiência de uma queda. Nem conhecia o que fosse queda. Em vista disso meteu-se intrepidamente a andar naquele mundo novo. Aos primeiros passos, porém, caiu, batendo com o focinho no chão. Gritou apavorado. E rolou, e foi rolando pela rampa abaixo, presa do terror e do pânico. O "desconhecido" o havia agarrado, afinal! Agarrava-o ferozmente e o levava para algum fim terrível! Nesse instante o "crescimento" foi suplantado pelo medo e o lobinho choramingou, qual tímido e inerme[26] filhote novo.

O desconhecido o arrastava para algum fim terrível e isso o fazia uivar de desespero. Era aquilo muito diferente do que ficar Agachado, todo ele medo, enquanto o desconhecido o ameaçava de longe. Agora o desconhecido não se mostrava de longe, estava perto, tinha-o agarrado. Silêncio e imobilidade não eram mais as defesas próprias. E também não era simplesmente medo o que sentia e, sim, terror, terror-pânico!

Mas a rampa foi-se atenuando e logo morreu num relvado. Ali o lobinho parou de rolar. Assim que se sentiu detido, deu um último grito de agonia, seguido de um uivo longo, de apelo. E, como

---

26 Inerme: sem defesa.

se fosse um velho hábito, tratou de fazer a toalete, limpando com a língua a argila que lhe sujara a pele.

Em seguida sentou-se e olhou em torno, como o faria o primeiro homem que alcançasse o planeta Marte. O lobinho tinha rompido afinal através da muralha do mundo. O "desconhecido" o havia deixado em paz, e lá ia ele agora, são e salvo, sem machucadura nenhuma. Privado de qualquer conhecimento anterior, ou aviso de que as coisas eram assim, encontrava-se como um explorador lançado de súbito num mundo totalmente novo.

Agora que o desconhecido o havia largado, procurava esquecer que esse monstro encerra terrores, dominado apenas pela curiosidade das coisas circundantes. Examinava as ervas que tinha à sua frente, um tufo de amoreira selvagem erguido pouco além, o tronco morto do velho pinheiro. Um esquilo correndo pelo chão, ao redor desse tronco, caiu de um salto a um metro de distância, enchendo-o de susto. O lobinho agachou-se, já de dentes arreganhados. O esquilo mostrou-se apavoradíssimo e marinhou árvore acima, ficando de pé num galho, olhando para baixo, com o coraçãozinho a bater.

Isto encheu o lobinho de coragem e, embora um pica-pau logo adiante o fizesse estremecer, continuou intrepidamente o seu caminho. Era tal a sua confiança que, quando deu de encontro com um lerdo peru selvagem, atreveu-se a avançar para ele de patinha erguida. O resultado foi uma bicada no focinho, que o fez recuar agachado e gritar. Esse grito foi o suficiente para fazer o pássaro procurar a segurança num voo de fuga.

O lobinho estava aprendendo. Seu cérebro nublado já tinha feito uma inconsciente classificação: havia no mundo coisas vivas e coisas mortas. Aprendeu também que era preciso dar tento às coisas vivas. As mortas ficavam sempre no mesmo lugar; as vivas moviam-se e ninguém podia prever com que fim se moviam. O que delas vinha era desconhecido e, pois, tornava-se preciso estar sempre em guarda.

Continuou a caminhar, muito desajeitadamente. Esbarrava em galhos e mais coisas. Um ramo seco, que via ao longe, no próximo momento mostrava-se perto e cutucava-o no focinho ou lhe raspava o dorso. Havia desigualdades na superfície do solo. Às vezes essas desigualdades davam-lhe de encontro ao nariz e mais frequentemente lhe embaraçavam os pés. Havia pedras redondas, que se moviam do lugar quando ele passava por cima – e graças a isso veio a compreender que as coisas mortas não se quedavam sempre no mesmo estado de equilíbrio, como na cava. Também aprendeu que as coisas pequenas podiam mais facilmente mudar de equilíbrio do que as grandes. Por meio de cada desastrezinho acontecido, ia aprendendo coisas novas. Breve passou a caminhar muito melhor. Ajustava-se às desigualdades do terreno. Calculava os seus próprios movimentos musculares e media tanto as distâncias em que estava dos objetos como a distância dos objetos entre si.

Nascido para ser um comedor de carne (embora não soubesse disso), o lobinho teve logo nesse primeiro dia da sua iniciação no mundo a sorte de encontrar carne, outra que não a trazida por sua mãe. Deu de chofre com um ninho de ptármigas. Mero acaso. Estava experimentando caminhar por cima de um tronco de pinheiro tombado quando de súbito a casca podre cedeu debaixo dos seus pés, fazendo-o escorregar para dentro de um tufo de gravetos. Era ali um ninho de ptármigas com sete pintos.

Os filhotes fizeram barulho e o lobinho assustou-se. Depois, vendo quão pequenininhos eram, criou coragem. Pôs sobre eles uma das patas, fazendo-os agitarem-se com desespero. Isto lhe causou estranho prazer. Farejou um dos animaizinhos. Tomou-o na boca e sentiu-o a bicar-lhe a língua. Nesse momento a sensação de fome o esporeou. Suas maxilas cerraram-se. Houve um triturar de frágeis ossos, seguido dum fluxo de sangue quente na sua boca. Sabor agradável! Carne! A mesma que sua mãe lhe levava, mas muito melhor, porque estava viva. E o lobinho comeu o filhote de ptármiga, não saindo dali antes de devorar todos os sete. Lambeu depois os beiços, como via sua mãe fazer, e afastou-se do ninho.

Súbito, um turbilhão de penas esvoaçou sobre a sua cabeça. Viu-se atordoado e cego por um violento bater de asas. Escondeu a cabeça entre as patas e rosnou. Os golpes de asas continuavam. A mãe-ptármiga o atacava com fúria. O lobinho de repente encolerizou-se. Ergueu-se, arreganhando e atirando golpes de patas. Ferrou os dentes no encontro de uma das asas que o castigavam e deu um arranco. A ptármiga debateu-se, repetindo golpes com a asa livre. Era a primeira batalha do lobinho, que ficou num delírio. Esqueceu o medo do desconhecido. Dali por diante não se atemorizaria de nada. Estava lutando, a bater-se com uma coisa viva e essa coisa viva também significava carne. O gosto por matar surgiu em seu íntimo. Já havia destruído sete coisinhas vivas.

Poderia também destruir essa outra coisa viva, tão grande. Sentia-se imensamente feliz, sob o domínio duma exaltação nova, jamais sentida antes.

O lobinho, rosnando por entre os dentes, manteve a ptármiga segura pela asa. A ave arrastou-o fora dali; depois, fraquejando, viu-se por ele arrastada, e piava, piava a pobre mãe com desespero, continuando com os seus golpes tontos de asa. Suas penas enchiam o ar como neve em flocos. O grau de excitação do lobinho subira ao máximo. Todo o ímpeto de guerra que lhe dormia no sangue despertava num acesso de fúria. Era um ímpeto vivíssimo, e novo. Estava afinal compreendendo a sua verdadeira significação no mundo. Estava fazendo aquilo para o que a natureza o criara – matando carne ou batalhando para matá-la. Estava justificando a sua existência, porque a vida só se justifica e atinge o apogeu quando o máximo para o que ela é feita se realiza.

De um certo momento em diante, a ptármiga cessou de lutar. O lobinho ainda a mantinha segura pela asa, embora ofegante.

Encararam-se, ele rosnando ameaçadoramente, ela amiudando[27] bicadas no nariz dele, já bastante ferido. Aquilo doía, mas não lhe afrouxava a resistência. Depois passou a uivar, e procurou colocar-se atrás da ave, esquecido de que, como a segurava pela asa, por mais que mudasse de lugar, ficaria sempre na mesma posição relativamente a ela. O chuveiro de bicadas em seu nariz cresceu. O sangue espirrou. Largando então a presa, o lobinho voltou-se nos pés e fugiu em vergonhosa retirada.

No outro lado da clareira, deitou-se perto de uma moita para descansar; tinha a língua pendente, o peito em ofegos e o nariz em fogo. Seu uivo de choro prosseguia. Súbito, a sensação de algo terrível o fez calar-se. O desconhecido com todos os seus terrores o envolvia novamente – e o instinto o empurrou para esconder-se no mato. Mal fez isso, uma rajada de ar agitou as folhas e um enorme corpo alado passou pela moita de raspão. Um milhafre[28] descido do azul qual flecha quase o apanhara.

Enquanto o lobinho nas moitas se refazia do terror e espiava por uma fresta timidamente, a ptármiga do outro lado agitava-se com desespero sobre o ninho destruído. A sua aflição impediu-a de defender-se contra o inimigo aéreo.

O lobinho a tudo assistiu e muito aprendeu com a cena – o elance[29] rapidíssimo do milhafre, sua queda de chofre sobre o corpo da ptármiga, o arranco de terror e agonia da vítima e o revoo da ave de rapina para o azul com aquela "carne" nas garras.

Só depois de muito tempo o lobinho deixou o seu esconderijo. Havia aprendido bastante. Coisas vivas significavam carne e eram boas para comer. Mas as coisas vivas, quando de um certo tamanho, também sabem ferir e, portanto, era melhor comer coisas

---

27 Amiudar: fazer frequentemente.
28 Milhafre: ave falconiforme de rapina.
29 Elance: impulso.

pequenas, como os filhotes da ptármiga, do que comer as grandes, como a ptármiga-mãe. Não obstante sentiu a cutucada da ambição, um forte desejo de nova luta com aquela ave. Infelizmente o milhafre a levara dali. Talvez houvesse outras. Ele trataria de ver isso.

O lobinho encaminhou-se para uma praia de areia formada pelo rio. Ia ver água pela primeira vez. Aquele chão liso e espelhante lhe pareceu agradável. Nenhuma irregularidade onde tropeçassem seus pequenos pés. Entrou pela água a dentro intrepidamente, mas logo esperneou de pânico, outra vez envolto nas dobras do desconhecido. Entrara água dentro dos seus pulmões, em vez de ar, como estava afeito. A sufocação experimentada pareceu-lhe a morte, o maior de todos os males. Com certeza era aquela asfixia a verdadeira essência do desconhecido; a soma de todos os terrores do desconhecido; a catástrofe máxima que lhe poderia cair em cima.

Seu corpo veio à tona e de novo um hausto[30] de ar penetrou pela sua boca aberta. Não tornou a afundar. Imediatamente, como se fosse um velho hábito, pôs-se a mover as patas – e nadou. A margem de areia ficava a um metro de distância; mas ele viera à tona de costas voltadas para essa margem e seus olhos só viram a oposta, para onde procurou dirigir-se incontinenti. Era um simples riacho, que ali, entretanto, se espraiava por uns vinte metros. No meio do espraiado, a correnteza o forçou e viu-se levado para o centro, onde o seu nadar não rendia. A água calma tornava-se ali como que raivosa, e ele ora mergulhava, ora emergia. E todo o tempo aquela água o mantinha em movimento, virando-o de um lado e de outro, ou batendo-o de encontro a pedras.

O lobinho latia de medo cada vez que isto se dava, e pelos seus latidos era possível contar as pedras do fundo.

---

30 Hausto: sorvo, aspiração.

Abaixo da corredeira existia um segundo espraiado, onde encalhou numa das margens e pôde finalmente firmar pé na areia. O lobinho fugiu para longe do rio num arranco e deitou-se.

Havia aprendido alguma coisa mais sobre o mundo. A água não era viva e no entanto movia-se. Também, embora parecesse sólida como a terra, não tinha solidez nenhuma. Sua conclusão foi que as coisas nem sempre são como parecem. O seu terror pelo desconhecido, uma desconfiança instintiva, fora consolidado pela esfrega. Dali por diante iria desconfiar sempre das aparências. Primeiro aprenderia a realidade de uma coisa, antes de meter-se com ela.

Uma outra aventura lhe estava de reserva naquele dia, depois que as saudades de sua mãe-loba começaram a apertar. Verificou que de nada necessitava tanto no mundo como dela. Queria vê-la. Sentia-se não só cansado de corpo, mas seu cérebro estava exausto de emoções. Uma grande soneira o invadia, e foi tomado de uma estranha sensação de abandono que seguiu rumo à cava. Súbito, ao esgueirar-se por entre os arbustos, ouviu um grito apavorante – ao mesmo tempo que um jato de pelo amarelo chispou diante dos seus olhos: uma doninha em fuga.

Como fosse uma coisa viva, mas pequena, não se amedrontou. Continuou a caminhar. Logo adiante deu com uma nova coisinha viva, de alguns centímetros apenas – o filhote da doninha, que, como ele, desobedecera à mãe e saíra a se aventurar. A coisinha procurou desviar-se dele mas ele a revirou no chão com a pata. A coisinha deu um grito, e quase que instantaneamente chispou de novo diante dos seus olhos o vulto amarelo. Uma dentada no pescoço foi o castigo de não saber ainda como são ferozes as mães.

O lobinho uivou de dor e fugiu, enquanto a doninha agarrava o filhote e desaparecia com ele numa moita. A dentada no pescoço ainda lhe doía, mas os seus sentimentos doíam mais ainda e ele sentou-se uivando baixinho. Tão pequena a doninha e tão feroz! Talvez que em relação ao seu tamanho ela fosse o mais feroz, o mais vingativo, o mais terrível de todos os matadores do Wild. Aprendera mais isso.

Estava ainda uivando em choro quando viu reaparecer a doninha, que dessa vez não o atacou, porque o seu filhote estava a salvo. Aproximou-se dele mais cautelosa, permitindo-lhe que observasse o seu corpo esguio como o das cobras e a sua cabeça ereta, de olhos ardentes. Seus gritos de ameaça puseram o lobinho de pelos arrepiados e dentes em arreganho. Aquela coisa viva vinha vindo... Súbito, dum salto, escapou ao seu campo de visão, e imediatamente a seguir sentiu os dentes dela se cravando em seu pescoço.

Sua defesa foi arreganhar mais ainda os dentes e rosnar feroz; mas era muito criança ainda; seu arreganho não passava de pura manifestação de medo e seu lutar não era mais do que um esforço espasmódico para libertar-se do inimigo. Aquela coisa viva, entretanto, não o largava, e insistia em alcançar com os dentes a veia mestra que, cortada, extingue a vida. A doninha é uma bebedora de sangue que gosta de tomá-lo sempre na sua melhor fonte.

O lobinho cinzento teria perecido e esta história pararia aqui, se subitamente a loba não surgisse de dentro de uma moita. Ao vê-la, a doninha largou a presa e lançou-se, qual um raio, contra a sua garganta. Mas errou o bote. Só ferrou[31] o focinho. A loba sacudiu-a com extrema violência e a projetou no ar, aparando-a depois na boca escancarada, e triturou-a nos dentes raivosos.

O lobinho sentiu novo acesso de afeição pela sua mãe, parecendo até que a alegria de revê-la se fazia maior do que a de ver-se salvo. A loba farejou-o, acariciou-o com o focinho e lambeu-lhe os ferimentos recebidos. Em seguida mãe e filho devoraram juntos a bebedora de sangue e se recolheram. Era tempo de dormir.

---

31 Ferrar: furar, cravar.

V
A lei da carne

O crescimento do lobinho fazia-se rápido. Depois daquelas aventuras, repousou durante dois dias e, por fim, saiu da cava para aventurar-se de novo. Foi nesta segunda saída que encontrou o filhote da doninha, ao qual deu o mesmo destino que tivera a mãe. O lobinho cuidava de fixar pontos de referência para não perder a trilha da cava.

Parecia um pequeno demônio quando avistava alguma ptármiga, e nunca deixou de responder com ferocidade aos gritinhos dos esquilos. Também quando avistava os pica-paus ficava invariavelmente fora de si, não podendo esquecer a bicada no nariz que levara.

Mas, certas vezes, nem a presença de um pica-pau o afetava, isso quando se sentia sob a ameaça de outro comedor de carne. Do milhafre, por exemplo. Agachava-se e escondia-se na moita mais próxima, sempre que o via cruzando o espaço. Outro progresso que fez foi no caminhar pela floresta; não perdia movimentos, nem se transviava. Adquirira o jeito de andar da loba, furtivo e esgueirante, na aparência sem esforço e rapidíssimo.

Em matéria de carne, a sua sorte como que se esgotou no primeiro dia com aqueles sete filhotes de ptármiga e, depois, o filhote da doninha. Seu desejo de matar, entretanto, crescia, principalmente ao ver os esquilos brincando nos galhos, de onde davam avisos aos outros animais da aproximação dos lobos. Mas assim como as aves voam pelo espaço, os esquilos marinham pelas árvores, e o mais que podia fazer era tocaiá-los quando por acaso os via no chão.

Tinha grande respeito pela loba. Oh, a loba! Vinha sempre para a caverna com carne na boca, que repartia com ele. E era corajosíssima, não temendo a coisa nenhuma. O lobinho ignorava que aquela intrepidez decorria da sua muita experiência da vida. Ele a admirava como a própria imagem do poder, admiração que ia crescendo à medida que sofria sobre si a ação desse poder, nas admoestações que a loba lhe administrava com as patas. Tudo isso o fazia respeitar grandemente sua mãe.

Uma nova fome sobreveio e o lobinho, agora mais conscientemente, padeceu os sofrimentos horríveis da privação de alimento. A loba andava magra de tanto correr a procura de carne, com resultado mínimo, aliás. Essa fome, apesar de terrível, não durou muito, e fez dele um caçador.

Antes, caçara por prazer e puro esporte, e fora feliz; agora, porém, que tinha de caçar para viver, nada encontrava. Tais insucessos, entretanto, serviram para apressar-lhe a formação mental. Passou a estudar os hábitos dos esquilos, único meio de apanhar algum de surpresa. Também observava a vida do rato da floresta, que vive em buracos, e os costumes dos pica-paus e outras aves, carne difícil de apanhar, mas muito boa. A fome fê-lo até perder o medo do milhafre, do qual não mais se escondia. Ao contrário, ficava num ponto descampado, bem visível, em desafio àquele perigoso habitante do azul. Sabia que o milhafre não passava de carne de asas, a carne pela qual o seu estômago se retorcia. Infelizmente o rapinante nunca lhe aceitou os desafios.

Um dia a terrível fome terminou. A loba surgiu na caverna com uma boa provisão de carne. Uma carne estranha, diferente de todas que ele até então comera: carne de filhote de lince. E só para ele. Sua mãe já havia saciado a fome lá fora, talvez no resto da ninhada. Incapaz de perceber a significação da façanha da loba, façanha filha do desespero, o lobinho repastou-se na carne felina com o máximo deleite.

Estômago cheio pede sono e o lobinho deitou-se ao lado de sua mãe. Dormiu. Súbito acordou de sobressalto ao rosnar terrível da loba. Oh! Ela jamais rosnara assim! Havia razão para isso...

Agachado à porta da caverna o lobinho viu o vulto da mãe-lince, e seus pelos arrepiaram-se de pavor. Sentiu-se empolgado de um medo horrível, filho não só do instinto como do aspecto hediondo que o gatão assumira ao perceber dentro da cava a destruidora da sua prole. Mas a força da vida borbulhante nele fê-lo reagir, e o lobinho ergueu-se de dentes arreganhados junto a sua mãe, que o afastou para longe com um tranco. A estreiteza da caverna impediu que a mãe-lince desse o bote de costume; teve de entrar de agacho. Esse fato trouxe vantagem à loba, que a atacou incontinenti. O lobinho pouco viu da batalha. Um tumulto. As duas feras rugiam engalfinhadas, a lince fêmea estraçalhando com presas e garras e a loba defendendo-se com os dentes apenas.

Em dado momento, o lobinho saltou de onde estava e ferrou uma das pernas do lince, nela mantendo-se rosnando com ferocidade. Sem perceber, embaraçava assim os movimentos da fera e poupava muito dano à loba. Uma reviravolta das engalfinhadas esmagou-o sob seus corpos e fê-lo largar a perna que mordia. Em seguida as duas mães se separaram e antes que se atracassem novamente a lince-fêmea atirou contra o lobinho um golpe de garras, que lhe feriu fundo o pescoço, projetando-o aos urros de encontro à parede da cava e, ao barulho da refrega, passaram a juntar-se os seus agudos gritos de dor. Mas a luta durou tanto que ele teve tempo de fartar-se de choro e vir atacar de novo, num segundo acesso de coragem, e quando tudo terminou, ele ainda ficou por algum tempo ferrado à perna da inimiga, rosnando.

O lince estava morto, mas a loba ficara horrivelmente castigada. A princípio lambeu maternalmente as feridas do seu filhinho;

depois quedou-se imóvel. Perdera muito sangue e com ele quase toda a energia vital. Um dia inteiro e uma noite deixou-se ficar ao lado da inimiga morta, sem fazer nenhum movimento, respirando apenas, e durante uma semana só se arrastou para fora da caverna para beber, e isso mesmo com grandes dificuldades. Ao final desse tempo, a inimiga foi devorada e a loba, já em convalescença, pôde sair para as suas caçadas.

O ombro do lobinho ainda doía, inchado, e por muito tempo o fez coxear. O mundo, entretanto, pareceu-lhe mudado depois daquele dia. Nele reentrou imensamente confiante, ardendo numa ânsia de proezas jamais sentida. Encarava tudo com mais ferocidade; havia lutado, havia cravado seus dentes nas pernas de um inimigo poderoso e estava vivo. Isso o fez perder completamente o medo das coisas pequenas e recear menos as grandes, embora o desconhecido não cessasse de assustá-lo com os seus terrores e intangíveis mistérios.

Começou a acompanhar sua mãe na caça e a assistir a muita matança, aprendendo assim a lei da carne.

Havia duas espécies de vida: a sua e a de sua mãe e a dos outros. A vida dos outros abrangia todas as coisas vivas.

Esta vida dos outros, por sua vez, dividia-se em duas partes: a dos que ele e a loba matavam e comiam, criaturas que não sabiam matar ou matavam fracamente; e a dos que podiam matar a ele e à sua mãe ou podiam ser mortos por ele e por sua mãe. Desta classificação era feita a lei. O fim da vida era a carne. A vida em si era carne. A vida vivia da vida. Comedores ou comidos. Lei: devorar ou ser devorado. O lobinho não a formulava assim às claras, nem filosofava a respeito; apenas "vivia" a lei, sem nada pensar a respeito. Ele via a lei agindo em torno de si, de todos os lados. Ele comera a ninhada da ptármiga. O milhafre comera a ptármiga e também o teria comido, se o apanhasse. Mais tarde, depois de tornar-se suficientemente forte, ele comeria o milhafre. Já havia comido o filhote de lince e a mãe-lince o teria comido se não tivesse sido morta e comida antes.

E por aí além. A lei era vivida em redor dele por todos os seres vivos, sendo ele próprio uma das suas parcelas. Era ele um matador. Sua alimentação compunha-se exclusivamente de carne – a carne que vivia e fugia diante de seus passos, ou voava no ar, ou trepava em árvores, ou ocultava-se nas tocas, ou enfrentava-o e com ele se batia na esperança de saciar-se na carne que ele também era.

Se o lobinho refletisse à maneira dos homens, teria comparado a vida a um voracíssimo apetite, e o mundo a uma arena onde uma congérie[32] de apetites se atracam, perseguem ou são perseguidos, caçam ou são caçados, comem ou são comidos – tudo na maior cegueira e confusão, com violência e desordem, num caos de voracidade e de impiedoso massacre sem fim, sem plano, dirigido apenas pela chance.

Mas o lobinho não pensava à maneira dos homens. Não via as coisas com largueza. Só alimentava propósitos imediatos, com um pensamento ou desejo de cada vez. Além da lei da carne, existiam inúmeras outras leis menores que tinha de aprender e seguir. O mundo estava cheio de surpresas. O aguilhão da vida borbulhante em seu íntimo e o jogo dos seus músculos davam-lhe uma felicidade sem fim. Correr atrás da carne era experimentar todas as sensações do deleite. Suas fúrias e batalhas equivaliam a puros prazeres. O próprio terror e o mistério do desconhecido encantavam sua vida.

Havia prazeres, sim. Ter o estômago cheio, dormir preguiçosamente ao sol – apenas isso já recompensava de sobra muito trabalho e muita luta. Constituíam expressões de vida, e a vida é sempre feliz quando está se expressando. Desse modo o lobinho não se revoltava contra o ambiente hostil. Aceitava-o, sentindo-se muito feliz e orgulhoso de si próprio.

---

32 Congérie: massa informe, montão.

TERCEIRA PARTE

I

Os fazedores de fogo

O lobinho deu com eles de chofre. Culpa toda sua. Havia sido descuidado, ao deixar a caverna para ir beber na fonte. Talvez o descuido lhe viesse de estar pesado de sono (tinha seguido uma pista toda a noite), e também por excesso de familiaridade com a trilha que ia ter no rio, inúmeras vezes percorrida sem que nada sucedesse.

Viera descendo por ali como de costume, pelo pinheiro seco e já ia trotando por entre as árvores, quando deu com o quadro novo. Sentados sobre os calcanhares viu cinco seres vivos que lhe eram completa novidade. Foi o seu primeiro contato com o homem. Nenhum dos cinco se moveu de salto, como seria o caso de qualquer outro animal, nem arreganhou os dentes, nem rosnou. Continuaram imóveis, silenciosos e mau agourentos.

Também o lobinho não se moveu. Todos os instintos da sua natureza o teriam impelido a fugir desabaladamente, se algo novo não viesse contrariar esses impulsos. Um pavor. Sentiu-se derrubado, esmagado pela opressão da sua própria fraqueza e pequenez. Estava diante de um poder muito forte, alguma coisa muito acima dos da sua espécie.

O lobinho jamais vira um homem e sentia-se empolgado pela sensação do animal que defronta o homem pela primeira vez. Instintivamente reconhecia o ser que conquistara o primado sobre todos os outros animais do Wild. Não era somente com seus olhos, mas com os olhos de todos os seus ancestrais que estava vendo o homem – dos avós cujas pupilas durante inumeráveis gerações haviam rondado acampamentos para espiar de longe, através das moitas, o estranho bípede, dominador de todas as coisas vivas. O medo e o respeito criado por séculos e séculos de lutas e experiências acumuladas num infinito de gerações constituíam herança terrivelmente compulsiva, sobretudo para um lobinho tão novo ainda. Fosse adulto e teria já fugido. Tenro como era, sentia-se paralisado pelo terror e como que propelido a repetir o ato de submissão do primeiro da sua espécie que veio agachar-se junto ao fogo aceso pelo homem e aquecer-se em sua companhia.

Um dos índios ergueu-se e caminhou na sua direção, fazendo o lobinho coser-se à terra. Era o terrível desconhecido que sob aquela forma de carne vinha sobre ele para agarrá-lo. Seus pelos eriçaram-se; seus lábios arreganharam-se mecanicamente para o instintivo mostrar dos dentes alvíssimos. A mão do desconhecido pairou no ar, hesitante, e da boca do desconhecido saíram estas palavras: "Wabam wabisca ip pit tah" – Olhem! Caninos brancos!

Os demais índios riram-se alto e gritaram para o homem que pegasse o lobinho. Quando a mão do desconhecido começou a descer sobre sua cabeça, ferveu na alma do lobinho a batalha dos instintos. Vacilava entre duas grandes impulsões. Ceder ou lutar? Resultado: confusão. Fez ambas as coisas. Cedeu até o momento em que a mão já quase o tocava e depois lutou, cravando nela os dentes, dum bote, quando lhe sentiu o contato. Imediatamente uma pancada no ouvido o pôs de catrâmbias[33]. Todo o instinto de luta fugiu-lhe então. Sua fraqueza de criança e o instinto de submissão dominaram-no. Sentou-se e

---

33 De catrâmbias: de pernas para o ar.

choramingou. Mas o homem de mão mordida estava colérico, e nova pancada veio feri-lo. O lobinho revirou pela segunda vez, ergueu-se e pôs-se a chorar mais ainda.

Os quatro índios riram-se alto e até o de mão mordida não pôde conter o riso. Sempre a rir vieram rodear o lobinho, que prosseguia no seu choro de dor e medo. Súbito, ouviu qualquer coisa. Os índios também ouviram qualquer coisa. Mas o lobinho sabia o que era e com um último gemido, no qual a nota do triunfo vinha misturar-se à do medo, pôs fim à choradeira e aguardou a chegada de sua mãe – da feroz e indomável loba que se batia contra todas as coisas vivas sem temer nenhuma. Aproximava-se ela uivando. Ouvira de longe o choro de terror do filho e correra para salvá-lo.

A loba saltou para dentro do grupo, soberba no ímpeto da sua destemerosa maternidade. O lobinho desferiu um grito de alegria e achegou-se-lhe confiante, enquanto os índios recuavam precipitadamente. Sua mãe enfrentava os homens, toda eriçada, com os dentes terríveis à mostra, a face convulsa e feroz aberta num arreganho temeroso.

Nesse momento, porém, um grito de apelo ecoou, partido dos índios.

– Kiche! – chamava um deles em tom de grande surpresa, e o lobinho viu sua mãe mudar de aspecto àquele som. – Kiche! – repetiu o índio, desta vez com autoridade.

E então um quadro espantoso abriu-se aos olhos do lobinho. Sua mãe, a invencível, agachava-se, com o ventre a tocar o solo, agitando a cauda em sinal de paz. Impossível compreender aquilo. O lobinho estava completamente desnorteado e o pavor ao homem o empolgou de novo. Seu instinto não o enganara. Até sua mãe, a invicta, rendia-se, humilde, ao mais forte dos animais.

O homem que dera o grito aproximou-se e correu a mão pela cabeça da loba, que se agachava ainda mais, sem um rosnido, sem um arreganho de dentes. Os outros homens também se aproximaram, rodearam-na, deram-lhe tapas contra os quais de nenhum modo ela reagiu. Mostravam-se os homens grandemente excitados e produziam com a boca estranhos sons – sons aliás que o lobinho percebeu não serem indicativos de perigo – e isso o fez, embora ainda com arrepios de pelo, submeter-se completamente.

– Não há nada de estranho – dizia um índio. – O pai dela era lobo, sabemos disso muito bem.

– Sim, Castor Pardo, você tem razão. E faz um ano justo que fugiu.

– Não há nada de estranho, Língua de Salmão – insistiu Castor Pardo. – Kiche fugiu durante aquela grande fome em que ficamos sem carne para dar aos cães.

– E passou a viver entre os lobos – observou um terceiro índio.

– Tem razão, Três Águias – concordou Castor Pardo correndo a mão pelo dorso do lobinho –, e aqui está a prova disso.

O lobinho ainda rosnou ao contato daquela mão, fazendo-a erguer-se de brusco para lhe administrar outro tapa no ouvido. Cessaram então as suas resistências e ele agachou-se, submisso, enquanto a manopla[34] voltava a alisá-lo amigavelmente.

– Aqui está a prova – insistiu Castor Prado. – Nada mais claro que Kiche é sua mãe e, portanto, há nele muito de lobo e bem pouco de cão. Seus caninos são brancos e Caninos Brancos vai ser o seu nome. Ficará sendo meu, porque Kiche pertencia a meu irmão. Meu irmão morreu. Sou o herdeiro.

O lobinho, que acabava de ser batizado, quedou-se olhando. Os animais humanos continuaram ainda por algum tempo a produzir estranhos sons com a boca. Depois Castor Pardo sacou

---

[34] Manopla: mão grande.

da cinta uma faca e cortou um galho de árvore. Caninos Brancos o seguia com os olhos. O índio agarrou o galho e nas pontas atou uma correia de couro. Em seguida amarrou uma das correias ao pescoço de Kiche e a outra a uma árvore próxima.

Caninos Brancos seguiu-a e deitou-se-lhe ao lado. Língua de Salmão veio brincar com ele. Rolou-o por terras, de barriga para o ar. Kiche o observava com ansiedade, e Caninos Brancos sentia o terror assaltá-lo novamente. Não pôde reter um rosnido, embora não fizesse nenhuma menção de morder. Os dedos recurvos do índio coçavam-lhe a barriguinha e rolavam-no, de um lado e de outro, fazendo-o assumir as mais cômicas posições, assim de pernas para o ar. Tão perigoso era aquilo que a sua natureza selvagem se revoltou. Não podia defender-se. Se o homem quisesse fazer-lhe mal, não poderia sequer desferir um bote. Não podia sequer fugir. Como dar um salto, assim de pernas para cima? O instinto de submissão, porém, fê-lo dominar-se e o lobinho apenas emitiu um rosnido, quase manso. Era o mínimo da sua parte; mesmo assim a consequência foi receber um novo tapa no ouvido. Por fim, com grande estranheza, Caninos Brancos começou a sentir prazer naquela brincadeira. Quando o índio vinha coçar-lhe a barriga e o rolava de um lado e de outro, era prazer, puro prazer que sentia. O medo foi desaparecendo completamente. Iria ele conhecer outros medos no seu trato com os homens. Mas aquilo era uma simples prova de confiança e camaradagem da gente que dali por diante ia ser a sua.

Passados alguns minutos, Caninos Brancos ouviu estranhos sons que se aproximavam. Classificou-os rápido, porque já identificava os sons produzidos pelos homens. Era o resto da tribo que vinha ao encontro dos cinco índios. Surgiram mais homens e muitas mulheres e crianças, todos carregando trouxas e tralhas. Também apareceram vários cães, que com exceção dos muito novos igualmente traziam cargas. Tinham sobre o dorso pequenas bruacas[35] de nove a treze quilos de peso.

Era a primeira vez que o lobinho via cães. Notou logo que com poucas variantes não passavam de criaturas da sua própria espécie. Os cães, porém, viram nele e em sua mãe apenas lobos, e fizeram grande barulho. Depois assaltaram-nos. O lobinho, de pelo eriçado, rosnou feroz e mordeu a torto e a direito na onda de goelas escancaradas que o envolveu, e caído por terra foi por sua vez bastante mordido. O barulho tornou-se infernal. Sua mãe latia por ele, aflita, e os homens gritavam coléricos, distribuindo pancadas violentas.

Segundos depois o lobinho viu-se livre do assalto. Os homens estavam fazendo os cães recuarem a paus e pedras e, portanto, estavam defendendo-o dos dentes ferozes daqueles animais da sua espécie. E embora não existisse em seu cérebro lugar para uma clara compreensão dessa coisa abstrata chamada justiça, o lobinho sentiu a justiça dos animais-homens e compreendeu o que eles eram – fazedores da lei e executores da lei. Ao contrário de todos os outros animais, o homem não mordia nem unhava. Executava a lei por intermédio da força de coisas mortas – paus e pedras. Arremessadas por ele, essas coisas voavam no ar e vinham infligir aos cães severas contusões.

Para a mente do lobinho, semelhante poder era sobrenatural, inconcebível, algo próprio de deuses. Caninos Brancos nada sabia sobre deuses; no máximo podia conceber a existência de coisas que estivessem acima da sua compreensão, mas o terror que o poder dos animais-homens lhe inspirava podia ser comparado ao terror que aos homens inspiraria a visão de um deus arremessando do alto das montanhas raios e trovões contra o mundo atônito.

---

35 Bruaca: saco ou mala de couro cru para transporte de objetos ou mercadorias sobre animais.

Todos os cães se afastaram. O tumulto cessou. O lobinho lambeu suas feridas e pôs-se a meditar sobre o caso: a crueldade da matilha da qual tinha de fazer parte. Caninos jamais sonhou que no mundo houvesse outras criaturas da sua laia, além dele e de sua mãe. Sempre julgara que formavam uma dupla à parte e agora descobria ali numerosos seres aparentemente da mesma espécie. E, apesar disso, essas criaturas tinham se lançado contra ele, para matá-lo. Sua mãe estava amarrada e impedida de acudi-lo, por decisão dos animais-homens, seres superiores. Havia de ter seu motivo, embora cheirasse a escravidão. Nada sabia ele de escravidão. Liberdade ampla de viver como quisesses fora a sua herança, e agora restringiam-lhe essa liberdade. Os movimentos de sua mãe estavam impedidos por aquela vara. Não entendia.

E não gostava daquilo. Como não gostou quando os animais-homens levantaram acampamento e prosseguiram na marcha, porque um homenzinho veio desatar a vara e, segurando-a pela ponta, levou Kiche cativa atrás de si. O lobinho colocou-se ao lado de sua mãe, mas grandemente aborrecido com aquela nova aventura que o colhera de improviso.

Os índios seguiram pelo vale afora, muito além da zona que Caninos Brancos já havia explorado, acompanhando o rio que ia desaguar no Mackenzie. Ao alcançarem este rio, acamparam perto de canoas e jiraus de secar peixe. O lobinho olhava com olhos atônitos. A superioridade e o poder do animal-homem fazia-se patente a cada instante. Em tudo revelavam-se muito acima de todos os cães de presas agudas. Poder! Havia grande poder neles. E mais que poder, havia aquela dominação sobre as coisas não vivas, aquela capacidade de comunicar movimento às coisas imóveis e de mudar o aspecto natural de tudo.

Era isto o que mais o impressionava. As canoas erguidas em seco no alto de estacas assombravam-no, e entretanto nada havia de espantoso, já que eram feitas pelos mesmos seres que arremessavam pedras e paus a grandes distâncias. Mas quando varas se ergueram para a formação de tendas, cobertas com panos e couros, Caninos Brancos não pôde reter o seu assombro. O colossal vulto daquilo excedia a sua capacidade de espanto. Eram novos seres que se formavam no espaço, aqui e ali, como monstros saídos da terra. O lobinho apavorou-se. As tendas pareciam ameaçá-lo do alto, e quando o vento soprou e as fez ondular, acovardou-se; e com os olhos arregalados fixos nelas preparou-se para fugir, caso as visse moverem-se em sua direção.

Mas o medo das tendas em breve passou. Viu que as mulheres e as crianças nenhum medo lhes tinham, entrando por elas adentro e saindo sem maior consequência. Também notou que os cães que tentavam fazer o mesmo eram repelidos com palavras ásperas e pedradas. Depois de algum tempo, o lobinho largou de Kiche e arrastou-se cauteloso para perto de um daqueles monstros. Era a curiosidade que agia, a mestra da vida, a necessidade de aprender por experiência. Quanto mais se aproximava mais cresciam suas cautelas. Os últimos acontecimentos tinham-no preparado para as maiores surpresas. Seu focinho tocou a lona, afinal. Tocou-a de leve e recuou. Nada sucedeu. Ele então cheirou aquele pano, recendente[36] a homem. Nova experiência: mordeu-o de leve. Nada sobreveio, embora a parede da tenda se ressentisse, pois ondulou. O lobinho mordeu-a de novo, mais forte e a parede ondulou de novo, de alto a baixo, como tocada pelo vento. Era delicioso e ele repetiu muitas vezes aquilo. Súbito, o grito colérico de uma mulher lá dentro fê-lo fugir para junto da loba. Desde esse momento, porém, nunca mais teve medo das barracas.

Logo depois afastou-se novamente da sua natural protetora, que, atada à estaca, não podia segui-lo. Um cãozinho novo pouco

---

[36] Recender: ter cheiro agradável e intenso.

maior do que ele vinha vindo com ares valentões. Chamava-se, como o lobinho veio a saber mais tarde, Lip-lip. Possuía já alguma prática de luta com os da sua idade e era de índole briguenta.

Lip-lip pertencia à sua própria espécie e como fosse muito criança não devia ser perigoso. Em vista disso Caninos Brancos preparou-se para recebê-lo amigavelmente. Mas o cachorrinho eriçou-se todo e arreganhou os dentes; Caninos fez o mesmo. Rodearam-se os dois, rosnando – isso por alguns minutos, e Caninos começou a gostar daquilo. Subitamente, porém, com extrema rapidez, Lip-lip deu um bote, mordeu-o e fugiu em defesa. A dentada acertara no ombro ferido pelo lince e ainda recém-sarado. A surpresa fez Caninos gritar, mas incontinenti lançou-se ao cachorrinho e o mordeu vigorosamente.

Lip-lip, porém, já praticara muito a luta naquela vida de acampamento. Por três, quatro, meia dúzia de vezes seus dentes agudos ferraram o recém-vindo, que acabou, acovardado, fugindo para junto de sua mãe. Foi o seu primeiro pega com Lip-lip, dos inúmeros que teria, pois ficaram inimigos desde o primeiro momento. Tinham naturezas contrárias, destinadas a um perpétuo choque.

Kiche lambeu carinhosamente o pelo do lobinho e tentou convencê-lo a não sair mais de perto dela. Mas a curiosidade do filhote estava aguda e momentos depois meteu-se em novo embrulho. Castor Pardo pusera-se a fazer qualquer coisa no chão com galhos secos e musgo. Caninos foi-se achegando, curioso, e como o índio produzisse com a boca certos sons que não lhe pareciam hostis, achegou-se ainda mais.

Mulheres e crianças iam e vinham, carregando braçadas de galhos secos. Tratava-se evidentemente de algo muito importante. O lobinho aproximou-se até tocar o joelho do índio, tamanha a sua curiosidade, já esquecido do terrível que era aquele animal-homem. Súbito, viu uma misteriosa coisa semelhante à névoa erguer-se dos musgos que Castor ajeitara debaixo dos galhos secos.

Depois viu surgir sobre o musgo uma coisa viva, que se retorcia e se elevava em línguas da cor do céu quando o sol se põe. Caninos Brancos nada sabia do fogo. E o fogo ali aceso o atraía como outrora a luz na entrada da sua caverna. Arrastou-se para bem perto daquilo. Ouviu Castor rir-se alto, nada percebendo de hostil naqueles sons. Tocou então com a ponta do nariz a coisa vermelha e movediça, ao mesmo tempo que a provava com a ponta da língua.

Horror! O desconhecido, oculto dentro do monte de galhos e musgo, o havia agarrado ferozmente pelo focinho. Um salto para trás o pôs longe dali, a uivar de dor. Kiche, lá de sua estaca, latia aflita, esforçando-se por arrancar-se da peia para acudir em socorro do filho. Entrementes Castor Pardo ria-se, ria-se, dando palmadas na coxa e gritando o caso para os outros homens do acampamento. Uma risada geral logo se fez ouvir enquanto o lobinho chorava – chorava como a mais infeliz e desamparada de todas as criaturas do mundo.

Foi a pior espécie de dor que sofreu. O nariz e a língua haviam sido cruelmente tostados pela coisa viva cor do sol, que nascera de sob as mãos de Castor Pardo. Chorava e chorava interminavelmente o lobinho, sempre debaixo dos risos do acampamento inteiro. Experimentou aliviar a queimadura do focinho com a língua, mas também a língua estava queimada, de modo que as duas queimaduras em contato aumentaram ainda mais aquela dor. Seu choro cresceu.

Outra coisa o afligia. Aprendera a significação do riso dos homens. Não podemos, nós homens, explicar-nos como o animal tem a percepção do nosso riso, nem como o recebem. Mas o certo é que o lobinho percebeu que os homens zombavam dele e daí a sua aflição e vergonha. E fugiu para mais longe, já não por força da dor que sentia, mas de vergonha. Fugiu para junto de Kiche, sempre em fúria tentando arrancar-se da estaca. Kiche era o único ser no acampamento que não se ria da sua desgraça.

A noite veio afinal, e Caninos ficou junto à sua mãe. A língua e o focinho ainda lhe doíam, mas ele estava já preocupado com outra coisa. Sentia-se saudoso da antiga caverna, com um vácuo no seu íntimo, uma necessidade da quietude e solidão da primitiva morada. Sua vida tinha-se tornado desagradavelmente tumultuosa. Muitos seres ali, muitos homens, muitas mulheres e crianças, sempre produzindo barulhos irritantes. E havia ainda os cães, sempre latindo e brigando entre si. A quieta solidão que no começo da vida conhecera fora-se. O ar agora não tinha sossego. Chiava, barulhava incessantemente. O rumor contínuo doía-lhe ao ouvido, deixava-o nervoso e inquieto, como se algo sempre estivesse na iminência de acontecer.

O lobinho observava os animais-homens no seu perpétuo ir e vir pelo acampamento. Olhava-os com o respeito distante que o homem costuma consagrar aos deuses que ele mesmo cria. Eram os homens, na verdade, criaturas superiores, deuses. Eram criaturas de dominação, senhores de todos os meios de escravizar todos os seres vivos e todas as coisas não vivas. Moviam o que era de natureza imóvel, transmitiam impulsos àquilo que por si nunca sai do lugar e criavam com galhos secos aquela estranha vida vermelha como o sol e que mordia de modo tão doloroso. Eram fazedores do fogo! Eram deuses!

II

O cativeiro

O tempo corria cheio de novas experiências para o lobinho. Enquanto Kiche se quedava presa ao bastão, ele esquadrinhava todo o campo, investigando e aprendendo. Rapidamente ficou a par dos hábitos dos animais-homens, sem que a familiaridade diminuísse o respeito inspirado. Quanto mais os conhecia, mais lhes admirava a superioridade e mais se confirmava a sua crença de que eram na realidade deuses.

Com frequência os homens sofrem a decepção de ver seus deuses caírem dos altares; para o lobo ou o cão selvagem que ao homem se submete, decepção semelhante jamais ocorre. Os deuses dos homens permanecem invisíveis, como névoas da imaginação, sem base nenhuma na realidade. Para o lobo e o cão selvagem que se sentam ao redor do fogo aceso pelos homens, esses deuses de carne e osso mostram-se tangíveis, ocupam um lugar no espaço, vivem, em suma. Nenhum esforço de fé se faz necessário para crer neles; nenhum esforço de vontade pode induzi-los a negá-los. Esses deuses mantêm-se a prumo, de pé sobre duas pernas, de pau na mão, imensamente fortes e poderosos, ora coléricos, ora amigos; sua divindade, seu mistério e seu poder, entretanto, são de pura carne, que sangra quando ferida e presta-se para comer como qualquer outra.

Era o que sentia Caninos Brancos. Para ele os homens não passavam de deuses infalíveis, de cujo poder não havia como escapar.

Como sua mãe se submetera logo que lhe gritaram aquela misteriosa palavra "Kiche", assim estava o lobinho começando a entregar-se de maneira absoluta. Na linguagem dos lobos: cedera-lhes o rastro, como um privilégio indiscutível do homem. Quando um deles se aproximava, Caninos cedia-lhe o passo. Quando o chamavam, ia. Quando o ameaçavam, encolhia-se. Quando o açulavam, avançava cegamente. Isso, porque atrás de cada manifestação de desejo de tais deuses estava o poder de forçar-lhe a execução – poder que doía na carne, expresso que era por meio de chicotadas, pauladas ou pedradas.

O lobinho lhes pertencia como todos os cães lhes pertenciam. Suas ações eram controladas pelos homens. Seu corpo era deles, para ser batido, espezinhado ou tolerado. Foi a lição que Caninos Brancos muito breve aprendeu. Lição dura, visto que já se havia desenvolvido em sua natureza a feroz independência dos lobos selvagens; e embora lhe repugnasse aprender aquilo, começava a sentir certo encanto pela servidão. Um deles era colocar o seu destino nas mãos de outrem e assim fugir às responsabilidades da vida. Compensação. É sempre mais cômodo contar com alguém do que tudo aguentar sozinho.

Mas esta renúncia de si próprio, este entregar-se de alma e corpo ao animal-homem, não veio em um dia. Impossível abandonar de chofre a independência herdada de tantos avós. Noites havia em que o lobinho se esgueirava para a orla da floresta e permanecia atento, ouvindo alguma coisa que o chamava de muito longe. E voltava inquieto e infeliz; e gemia pensativo ao lado de Kiche, lambendo-lhe a face com a língua ansiosa, cheio de interrogações.

Caninos Brancos aprendeu depressa todos os hábitos do acampamento. Conheceu a injustiça e a voracidade dos cães adultos quando a carne e o peixe das refeições eram lançados à matilha.

Verificou serem os homens mais justos, as crianças mais cruéis, as mulheres mais bondosas e mais prontas em lhe lançar um pedaço de carne ou um osso. E depois de duas ou três penosas aventuras com mães de cachorrinhos, ficou sabendo que era de boa política deixar essas mães em paz, conservando-se o mais longe possível delas ou evitando-as quando se aproximassem.

Mas o flagelo da sua vida era Lip-lip. Maior, mais velho, mais forte, Lip-lip havia escolhido Caninos Brancos como armazém de pancadas. Bem que ele lutou para escapar disso, mas foi dominado. Seu inimigo era muito forte, e acabou transformando-se em puro pesadelo. Sempre que Caninos se afastava de Kiche era certo ver surgir pela frente o brigão, rosnando desafiadoramente e aguardando uma oportunidade em que os homens estivessem distraídos para cair-lhe em cima. Lip-lip vencia sempre, o que o enfunava de orgulho, e atormentar Caninos ficou sendo a grande preocupação da sua vida.

O lobinho, entretanto, não se acovardava. Embora sofresse e muito com as dentadas, saindo sempre derrotado, não se submetia. Mas um péssimo efeito produziu-se. Caninos foi se tornando maligno e falso. Seu temperamento naturalmente selvagem teve a selvageria aumentada por aquela perseguição sem fim. O lado alegre e brincalhão do seu temperamento não pôde expandir-se. Nunca brincou de rebolar na grama com os outros cachorrinhos do acampamento. Lip-lip não permitia. Mal Caninos Brancos se aproximava, Lip-lip corria ameaçador, e atracava-se com ele até fazê-lo fugir.

Caninos Brancos teve assim de privar-se de quase todas as alegrias da infância e de comportar-se como um adulto. Privado daquela válvula de escape que era o brinquedo, onde poderia dar vazão às suas energias, introverteu-se e tornou-se astuto. Aproveitava todo o tempo para empregá-lo no aperfeiçoamento da velhacaria[37]. Impedido de obter normalmente sua parte nas

---

37 Velhacaria: patifaria.

refeições de carne e peixe que os homens distribuíam, o remédio foi virar um hábil ladrão. E nessa tarefa de aprovisionar[38] a si próprio, como pudesse, passou a se constituir em uma calamidade para as mulheres do acampamento. Aprendera a colear[39] por entre as barracas, qual cobra; a ser astuciosíssimo; a prestar atenção a tudo quanto se passava; a espiar todos os movimentos dos homens e cães e a raciocinar sobre os melhores meios de evitar o seu implacável inimigo.

Foi bem no começo ainda deste período de perseguição que Caninos jogou a sua primeira cartada com base na astúcia, e pôde saborear a primeira vingança. Como Kiche, na sua vida na alcateia, conseguira seduzir os cães e afastá-los da proteção dos homens de modo que pudessem ser estraçalhados pelos lobos famintos, Caninos Brancos soube manobrar até pôr Lip-lip ao alcance das maxilas vingadoras de sua mãe. Batendo em retirada numa das lutas, levou o inimigo correndo atrás de si por entre várias barracas. Mas não fugia na carreira de quem realmente foge. Como que demorava na corrida, escapando de salto cada vez que o inimigo o ia pegando.

Lip-lip, excitado pela perseguição e vendo-o sempre tão próximo de ser agarrado, esqueceu toda a prudência e não atentou para onde Caninos o ia dirigindo. Quando abriu os olhos era tarde. Ao dar a volta, com grande ímpeto, a uma das barracas, viu-se de súbito arrojado pelo próprio impulso justamente de encontro à loba. Um grito de pavor e susto, e já os dentes de Kiche se cravavam nele. Mesmo atada ao bastão como vivia, não pôde Lip-lip fugir dela a tempo. A loba o derrubara e o mordia ferozmente, sem que o inimigo de seu filho pudesse defender-se.

---

38 Aprovisionar-se: abastecer de provisões; prover.
39 Colear: mover ou andar sinuosamente; serpentear.

Quando Lip-lip conseguiu escapar e, tonto ainda, pôs-se em equilíbrio sobre os pés, estava, além de terrivelmente castigado no corpo, surradíssimo no orgulho. Seu pelo grumara-se em maçarocas úmidas, retorcidas pelos dentes da loba. Lip-lip deixou-se ficar lá onde conseguira equilibrar-se de pé, abriu a boca e rompeu num lamentoso uivo de choro infantil. Não pôde, todavia chorar a contento. Caninos Brancos investiu contra ele e cravou-lhe os dentes numa das pernas traseiras. Sem mais forças para lutar, teve de fugir vergonhosamente, com o lobinho a persegui-lo nos calcanhares até à barraca onde morava. Lá as mulheres o acudiram, repelindo a pedradas o lobinho, cuja fúria lembrava a de um demônio.

Um dia Castor Pardo deu a loba como domada e já refeita à vida entre os homens. Soltou-a. Caninos Brancos sentiu-se estranhamente deleitado ao percebê-la de novo livre. Seguiu-a por todo o campo com grandes mostras de alegria, tendo o gosto de ver que Lip-lip, ressabiado, se mantinha a distância. Mesmo quando o lobinho se arrepiava contra ele e lhe rosnava desafios insolentes, Lip-lip fingia nada perceber. Não era tolo, e por mais que ardesse no desejo da vingança, esperaria o momento de apanhá-lo afastado da sua natural defensora.

Nesse mesmo dia, à tarde, mãe e filho foram vaguear pela borda da floresta que beirava o acampamento. Caninos Brancos a levara para lá, passo a passo, e sempre que a loba se detinha, ele a estimulava a seguir para diante. O rio, a cava e a mansa floresta dos seus primeiros meses o estavam chamando. A loba, entretanto, não atendia às sugestões do filho. Caninos corria uns tantos passos à frente, parava e olhava para trás. Inútil. A loba não se movia. O lobinho uivava súplice e vindo-se a ela a acariciava com a língua; depois corria de novo, chamando-a. Mas a loba não se movia. Caninos Brancos parou então com as manobras e olhou-a com uma súplica ardente nos olhos, a qual logo esmoreceu quando Kiche voltou a cabeça na direção do acampamento.

Havia algo muito forte chamando o lobinho para a liberdade da vida das selvas. Sua mãe também ouvia essa voz, mas igualmente ouvia outra voz ainda mais imperiosa, a voz que a chamava para o fogo e para os homens, voz que entre todos os animais só foi dado ao lobo atender – ao lobo e aos cães, seus primos.

Kiche mudou de rumo e lentamente voltou ao acampamento. Mais forte que o liame material da peia onde a amarravam era a atração pelo homem que ela sentia dentro de si. Misteriosamente, os deuses-homens haviam-na dominado com o seu poder. Caninos Brancos sentou-se debaixo de uma bétula e chorou baixinho. Boiavam no ar o odor forte dos pinheiros e outros aromas da floresta, todos relembrativos da velha vida de liberdade e solidão. Mas ele era ainda um lobinho no qual, mais forte que o apelo da floresta ou dos homens, atuava o apelo de sua mãe. Desde o seu nascimento, não houve hora em que não sentisse o quanto dependia da loba. Estava longe ainda o dia da sua emancipação. Caninos Brancos o reconheceu mais uma vez e trotou, triste, para o acampamento, com paradas pelo caminho. Detinha-se indeciso, sentava-se e uivava choroso, ao sentir em si a ação do apelo de mistério que lhe vinha do fundo da floresta.

Não é longo, no Wild, o período de assistência que as mães consagram aos filhotes. Na companhia dos homens se torna ainda mais curto, como Caninos pôde logo verificar. Castor Pardo tinha uma dívida para com Três Águias, o qual se preparava para subir pelo Mackenzie até o lago Slave. Uns metros de pano vermelho, uma pele de urso, vinte cartuchos e mais Kiche saldaram essa dívida.

Ao ver a mãe levada para dentro da canoa de Três Águias, Caninos Brancos tentou segui-la. Um pontapé do índio o repeliu para terra e a canoa afastou-se. O lobinho atirou-se à água e nadou, indiferente aos gritos de Castor Pardo, que o chamava. Tal era o terror de perder sua mãe que Caninos Brancos não atendia até mesmo às intimações coléricas do animal-homem.

Mas os deuses exigem cega obediência, de modo que Castor Pardo, furioso, lançou-se imediatamente em outra canoa em perseguição ao rebelde. Alcançou-o, agarrou-o pela pele do pescoço e suspendeu-o acima d'água. Não o depôs na canoa, todavia. Conservou-o no ar por alguns instantes, enquanto lhe administrava uma sova. O índio tinha a mão pesada e seus tapas eram de machucar. Além disso, carregava na dose.

Impelido pelos golpes que ora de um lado, ora de outro lhe choviam em cima, Caninos Brancos dançou no ar como um pêndulo maluco. Várias foram as impressões que sentiu. A princípio, de surpresa. Depois, de medo – e sob essas impressões gania com desespero a cada golpe. Por fim o empolgou a cólera. Sua natureza selvagem veio à tona e ele ousou mostrar os dentes e roncar na cara do deus irritado. Isso só serviu para enfurecer o deus, que redobrou as pancadas, ainda mais rudes e dolorosas.

Caninos Brancos persistia nos arreganhos e o índio insistia no castigo. A situação, entretanto, não podia durar toda a vida. Um tinha de ceder e quem cedeu foi o lobinho. O medo empolgou-o novamente. Pela primeira vez havia sido realmente subjugado. As pedradas e pancadas que ocasionalmente o feriram no acampamento pareciam-lhe carícias em comparação com os golpes recebidos de Castor. Começou a uivar dolorosamente. Cada nova pancada lhe provocava novo grito; depois o medo subiu a grande terror e os gritos lhe saíam em sucessão contínua, sem guardar nenhum ritmo com as pancadas.

Afinal o índio suspendeu a surra. O lobinho, ainda suspenso no ar, continuava no choro. Tal atitude pareceu suficiente ao deus, que o atirou para o fundo da canoa. Nesse entremeio, a embarcação fora derivando pela correnteza abaixo. O índio procurou o remo. Para alcançá-lo teve de passar por cima do lobinho e o pisou. A natureza selvagem de Caninos Brancos ressurgiu num ímpeto, fazendo-o cravar os dentes no pé do deus, através do calçado que o defendia.

O castigo já recebido foi nada diante do que se seguiu. A cólera do índio subiu tanto quanto o terror de Caninos. Não apenas a mão, mas o duro remo foi manejado contra ele, e só voltou a ser atirado ao fundo da canoa depois de literalmente moído a pancadas. E então, de propósito, deu-lhe o índio vários pontapés, como para pô-lo em prova. Desta vez o lobinho não revidou. Não repetiu a mordida. Acabava de aprender mais alguma coisa quanto à sua servidão. Aprendera que nunca, em qualquer circunstância que fosse, deveria ousar morder seu deus e senhor. Aquela carne era divina e não podia jamais ser tocada pelos dentes de uma criatura da sua laia. Isso evidentemente constituía o crime dos crimes, a única ofensa que em caso algum podia ser perdoada.

Quando a canoa alcançou a margem, Caninos Brancos permaneceu nela, imóvel, choroso, aguardando o querer de Castor Pardo. O querer de Castor Pardo foi que ele também viesse à terra – e à terra foi lançado brutalmente, sem atenção nenhuma às suas dolorosas contusões. O lobinho agachou-se trêmulo aos pés do índio e ficou a gemer. Lip-lip, que a tudo assistira da margem do rio, veio correndo ao seu encontro e mordeu-o sem dó. Caninos Brancos estava muito vazio de energia para tentar sequer defender-se – e teria ali acabado, se o índio não houvesse repelido Lip-lip com um pontapé que o arrojou longe. Era a justiça do homem; e ainda no horrível estado em que se achava, Caninos Brancos experimentou uma pequena sensação de alívio. Liberto do rival e sempre próximo dos calcanhares do seu senhor, o lobinho seguiu o índio até à sua barraca. Tinha aprendido que o direito de punir era um direito reservado aos deuses e negado às criaturas suas subalternas.

À noite, quando tudo se fez silêncio, Caninos Brancos recordou-se de sua mãe e chorou de saudades. Ganiu tão alto que acordou o índio. Castor fê-lo calar-se a pancadas. Depois disso continuou a chorar, mas discretamente, e só quando não podia ser ouvido pelos deuses. Para chorar alto e à vontade, ia para a floresta.

Durante esse período de provação, seria fácil ceder ao apelo da caverna e da floresta solitária, reentrar de novo na liberdade do Wild. A lembrança de Kiche, entretanto, o prendia ali. Assim como os animais-homens se afastavam do acampamento durante as suas caçadas e depois para ele retornavam, poderia Kiche retornar um dia. E o lobinho decidiu-se a permanecer escravo, à espera da volta de sua mãe.

Não se sentia completamente infeliz, entretanto. Muita coisa o interessava ali. Movimento, vida variada, mudanças. Não tinham fim as coisas estranhas que os deuses faziam e que lhe espicaçavam a curiosidade. Além disso, estava aprendendo a lidar com Castor Pardo. Obediência cega era só o que o índio exigia; graças a ela, Caninos livrava-se de pancadas e sua vida fazia-se relativamente tolerável.

Mais ainda. Castor Pardo dava-lhe pedaços de carne e o defendia contra a gula dos outros cães. E um desses pedaços de carne dados pelo seu deus tinha para Caninos grande valor – mais do que meia dúzia recebidos das mãos das mulheres. O índio jamais brincava ou o acariciava. Mas fosse pelo peso das suas mãos, pelo poder que emanava dele, pela sua dura justiça ou por tudo junto, um forte laço ia ligando o escravo ao senhor.

Insidiosamente[40] e por vias remotas, bem como pela força das pancadas, as algemas da servidão de Caninos Brancos ao índio se soldavam. Os instintos da espécie, que no princípio fizeram os primeiros lobos virem ao homem, estavam florescendo em seu íntimo, de modo que a vida de acampamento, apesar das misérias de que andava cheia, ia se tornando, com o tempo, querida. Mas Caninos Brancos ainda não percebia isso. Só tinha consciência da mágoa que a perda de Kiche lhe causava, da esperança do seu retorno e da faminta ânsia pela vida livre que conhecera no começo da sua existência.

---

40 Insidiosamente: traiçoeiramente.

III
O pária[41]

Lip-lip continuava atormentando a vida de Caninos Brancos, fazendo-o mais velhaco e feroz do que naturalmente nascera. A selvageria era parte da sua natureza, mas a selvageria que estava desenvolvendo passava além do normal. Começou a adquirir reputação de perverso entre os animais-homens. Onde quer que rebentasse tumulto e desordem no campo, luta ou gritaria de mulher a propósito de alguma carne furtada, Caninos Brancos estava metido no meio, quando não era ele o exclusivo culpado. Os homens não procuravam examinar as razões de tal conduta. Viam apenas os efeitos, evidentemente maus. O lobinho passou a ser tido na conta de ladrão refinado, desordeiro, malfeitor, eterno fomentador de tumultos. As mulheres gritavam-lhe no rosto continuamente, enquanto Caninos as observava de olho alerta, pronto para fugir das pedradas, que ele não passava de um lobo miserável que tinha de acabar muito mal.

E tornou-se desse modo um pária no acampamento. Todos os cães novos encampavam[42] a birra de Lip-lip, seu líder. A diferença entre eles e Caninos era clara. Talvez os cães lhe sentissem a

---

41 Pária: excluído da sociedade.
42 Encampar: tomar posse.

selvageria instintivamente, com a velha inimizade que os cães domésticos sempre mostram pelos lobos. Seja como for, juntavam-se a Lip-lip na perseguição ao lobinho, que sentiu na carne o dente de todos, cada um por sua vez. Revidava, entretanto. Dava mais do que levava, e a muitos venceria em luta singular. Isto, porém, lhe era negado. Quando com ele um se atracava, vinham logo todos os outros em ajuda ao companheiro.

Graças a esta perseguição da matilha nova, o lobinho aprendeu duas coisas importantes: como defender-se quando agredido por muitos e como, em luta singular, infligir o máximo de dentadas no mínimo espaço de tempo. Conservar-se sobre as quatro patas no meio da onda de assaltantes queria dizer vida; ele aprendeu logo, tornando-se ágil como gato nisso de manter-se sempre de pé. Até cães adultos, de corpos pesados, podiam projetar-se contra ele de ímpeto, pela frente, por trás ou de banda; podia arremessá-los para o ar. O lobinho sempre achava jeito de conservar-se sobre as quatro patas, ou de sobre elas cair.

Quando cães lutam, o hábito é arreganhar as presas, arrepiar os pelos e retesar as patas, preliminarmente. Caninos Brancos suprimiu estes prelúdios. Demora no ataque significava tempo dado à matilha inimiga de engrossar suas fileiras. Era necessário agredir depressa e fugir, e assim acostumou-se a agredir sem aviso, morder e lanhar de chofre, antes que os inimigos concluíssem a mobilização. Aprendeu a ferir fulgurantemente. Um inimigo colhido de ímpeto, com a espádua lanhada ou a orelha posta em tiras, equivalia a inimigo posto fora de combate.

Além disso era notavelmente fácil revirar um cão de pernas para o ar com um golpe de surpresa, e um cão de pernas para o ar expõe a parte de baixo do pescoço, a parte mais vulnerável a golpes mortais. Caninos Brancos sabia disto pelo instinto herdado de gerações e gerações de lobos caçadores. A sua técnica, quando assumia a ofensiva, era, primeiro, locar um cão isolado e afastado dos companheiros; depois, surpreendê-lo e revirá-lo de pernas para o ar; em terceiro, cravar-lhe os dentes no papo.

Como, entretanto, fosse ainda um lobinho novo, suas maxilas não possuíam o desenvolvimento necessário para tornar mortal o ataque à garganta. Conseguia apenas que o inimigo ferido ficasse uivando pelo campo em miserável estado. Pôde, apesar disso, apanhar um dos seus perseguidores longe do acampamento, derrubá-lo várias vezes e com uma série de dentadas na garganta seccionar-lhe a carótida, matando-o. Houve grande barulho nessa ocasião. A cena fora observada e a notícia levada ao dono do cão morto. O mulherio recordou os inúmeros latrocínios por ele cometidos. Castor Pardo viu-se assediado por um coro de vozes em fúria, que clamavam vingança. O índio, porém, interpôs-se entre a malta colérica e o lobinho, recusando-se em absoluto a castigá-lo.

Caninos Brancos teve desde então contra si uma soma de ódios: o dos cães e o dos índios. Durante esta fase de vida, não pôde gozar um só momento de paz. Contra ele arreganhavam-se os dentes de todos os cães e erguiam-se as manoplas de todos os homens. Era atacado a dente pelos da sua espécie e a pedradas pelos deuses. Viveu assim em permanente alerta, sempre em guarda, pronto para o ataque, com o olho atento a todas as pedradas possíveis, preparado para agir de golpe, atacando a dentadas ou recuando ameaçadoramente.

Isso de arreganhar os dentes e roncar, ele fazia de modo mais terrível que qualquer dos cães da matilha, velhos ou novos. A razão do arreganho é avisar ou amedrontar, e muito discernimento torna-se necessário para saber quando tal recurso deve ser usado. Caninos Brancos ficou perito no uso eficaz de semelhante manobra. No seu arreganho estampava-se tudo quanto há de mau, de violento, de horrível. Com o focinho arreganhado em espasmos contínuos, os pelos eriçados, a língua projetada qual serpente rubra e recolhida de novo, as orelhas em riste, os olhos lançando raios de fúrias e as presas à mostra, conseguia muitas vezes quebrar o ímpeto dos assaltantes. E essa pausa assim obtida permitia-lhe visualizar a situação e determinar-se. Frequentemente tais pausas prolongavam-se até volver para a completa cessação do ataque. Diante de mais de um cão adulto conseguiu ele com essa tática preparar-se para uma retirada honrosa.

Todo o bando dos cães já meio crescidos tinha de pagar pela perseguição que Lip-lip lhe fazia. Não o deixavam correr com a matilha? Muito bem. Ele não permitiria que nenhum membro da matilha corresse sozinho. Com exceção de Lip-lip, os cães novos eram obrigados a viver juntos, para recíproca defesa contra o terrível inimigo que haviam feito. Um cãozinho que se atrevesse a afastar-se do campo era um cãozinho morto, quando não voltava, urrando de dor, ferido cruelmente pelo inimigo lobo que o tocaiara.

Mas Caninos Brancos, na sua fúria de revanche, crescia em audácia a ponto de atacá-los ainda quando reunidos. Agredia de surpresa e fugia com extrema rapidez, logo que todos se precipitavam contra ele. E ai do que se adiantasse demasiado! Caninos havia aprendido a voltar-se de chofre contra esse vanguardeiro e cortá-lo a dente, antes que os outros chegassem. Isso ocorria com muita frequência, porque, uma vez lançados na carreira, os cães em geral esquecem o perigo e um pelo menos se distancia do grupo.

Cães novos gostam de brincar, e a guerra movida contra o lobinho degenerara em brincadeira – brincadeira mortal e seríssima. Ligeiro nos pés como era, Caninos não tinha medo de aventurar-se por toda a parte. Durante o tempo em que em vão esperara a volta de Kiche, ele arrastava os cães para furiosas correrias pela floresta adjacente, onde os despistava. Os latidos advertiam-no da presença desses inimigos, mas o lobinho, que corria solitário, em silêncio e com pés de veludo, punha-se breve a salvo. Ficou mais senhor dos segredos da floresta do que todos os cães, e nela agia como um peixe no mar. Um dos seus estratagemas favoritos consistia em fazer seu rastro extinguir-se numa aguada e ficar, então, quietamente na moita próxima, a observar a fúria desorientada dos perseguidores.

Odiado pelos seus primos cães e pelos animais-homens, indomável, perpetuamente guerreado e perpetuamente fazendo guerra, seu desenvolvimento foi rapidíssimo e unilateral. Nenhum sentimento de bondade pôde florescer nele, nem tinha nenhuma vaga noção do que isso fosse. A lei que aprendera resumia-se em obedecer ao forte e oprimir ao fraco. Castor Pardo era o forte – um deus, e por isso lhe obedecia. Mas o cão menor ou mais moço do que ele era o fraco – uma coisa a ser destruída. Seu desenvolvimento fez-se na direção da força. A fim de enfrentar o constante perigo que corria, suas faculdades predatórias e defensivas cresceram de modo anormal. Tornou-se mais rápido de movimentos do que qualquer outro cão, mais ligeiro de pés, mais astucioso, mais perigoso, mais resistente, mais cruel e mais arguto. Unicamente tornando-se mais tudo isso poderia sobreviver no ambiente hostil em que o destino o pusera.

IV

A pista dos deuses

Quando o outono sobreveio, os dias começavam a encolher e já flocos de neve boiavam no ar, Caninos Brancos teve ensejo de readquirir a sua liberdade. Ia pelo acampamento uma agitação estranha. Os índios estavam levantando aquele acampamento de estio. Empacotavam a tralha e preparavam-se para dar início às caçadas outonais. Caninos Brancos tudo observava com os olhos ardentes e quando as barracas foram desmontadas e as canoas se encheram, começou a compreender. Por fim as canoas puseram-se em movimento e logo as da vanguarda sumiram-se rio abaixo.

Deliberadamente Caninos resolveu ficar para trás. Esperava uma boa oportunidade para sumir-se nas florestas. Súbito, entrou em ação. Tomou pelas beiras do rio, onde a água já ia se congelando e, portanto, não guardava a marca das suas pegadas. A alguma distância deixou o gelo e ocultou-se numa capoeira espessa. O tempo foi passando e Caninos cochilou durante horas. Por fim despertou-o a voz de Castor Pardo, que o chamava. Ouviu ainda outras vozes. Percebeu que a mulher de Castor e seu filho Mit-sah também estavam à sua procura.

Caninos tremia de medo e, embora o instinto da obediência o impelisse a apresentar-se rastejante, resistiu. Passado algum tempo, as vozes de apelo cessaram por completo e ele pôde deixar a moita a fim de gozar o feliz sucesso da sua audácia. As trevas da noite já envolviam a terra e Caninos vagueava por entre as árvores deliciadamente livre. Sentiu então um peso, o peso da solidão. Sentou-se sobre as patas traseiras para refletir. Ouvia o silêncio infinito da floresta, sentindo-se perturbado por aquela morte das coisas. Que nada ali se movesse, nem produzisse sons, lhe pareceu horrível. Andava no ar um perigo, um perigo impossível de ser divisado ou sequer suspeitado. Teve medo até do vulto silente das árvores e das sombras que seus troncos projetavam, pois dentro delas poderia esconder-se toda sorte de perigos.

E a algidez... Não havia na floresta o conchego de uma barraca junto à qual aquecer-se. Tinha gelo sob os pés, e ora mantinha uma pata suspensa, ora outra. Também deitava a cauda peluda sobre as costas, como para cobri-la. Súbito, teve uma visão. Nada de estranho nisso. Na sua retentiva estava impressa uma sucessão de imagens do acampamento, das barracas, das fogueiras, das vozes agudas das mulheres e das vozes graves dos homens, de mistura com ladridos de cães. E como estivesse sentindo fome, vieram-lhe igualmente à memória todos os pedaços de carne e postas de peixe que lhe haviam sido lançados. Ali onde agora se achava, nenhum alimento existia – só aquele indizível e ameaçador silêncio.

Sua escravidão o amolecera em alguma coisa. A irresponsabilidade o enfraquecera, e não sabia mais como dirigir-se. A noite bocejava-lhe em redor. Seus sentidos, já afeitos ao constante murmúrio do acampamento e ao contínuo impacto de visualidades e sons, estavam agora como vazios. Nada a fazer, nada para ver ou ouvir. Inutilmente esforçava-se por captar alguma interrupção do silêncio e da imobilidade da natureza – e apavorava-o aquela inação representativa de algo de terrível prestes a vir.

Em certo instante deu um grande salto de susto. Alguma coisa colossal e informe riscava o seu campo de visão. Apenas a sombra de uma árvore projetada pela lua, que saíra detrás das nuvens.

Sossegou ao dar-se conta do que se tratava, e ganiu baixinho, mas logo abafou esse gemido, de medo que despertasse a atenção dos perigos em tocaia à volta de si.

Uma árvore contraída pela frigidez da noite estalou bem acima da sua cabeça. O lobinho desferiu um grito de pânico e lançou-se em corrida louca rumo à aldeia. Empolgara-o uma insopitável ânsia pela sociedade e proteção dos homens. Em suas narinas estava o cheiro da fumaça do acampamento. Em seus ouvidos os sons humanos ressoavam alto. Atravessou a floresta, escapou à sua obscuridade e lançou-se no descampado que a lua empoava de luar. Mas nenhuma aldeia mostrou-se aos seus olhos. Ele tinha esquecido... A tribo de índios havia já partido para além...

Parou de brusco. Não enxergava onde abrigar-se, e percorreu o campo deserto farejando nos montes de lixo os trapos velhos que os deuses tinham abandonado. Dar-se-ia por feliz se fosse recebido a pedradas e insultos pelas mulheres, com toda a cólera de Castor Pardo desabando sobre si. Teria até se deleitado com a usual recepção que Lip-lip e as matilhas de cãezinhos costumavam lhe fazer.

Caninos Brancos dirigiu-se para o lugar onde estivera a barraca de Castor Pardo. No centro do espaço vazio, sentou-se, de focinho dirigido para a lua, com a garganta assaltada de contínuos espasmos. Por fim sua boca abriu-se, e com um uivar lancinante Caninos chorou a sua solidão e medo, e a sua tristeza pela falta de Kiche, todas as passadas mágoas e misérias, bem como a apreensão dos sofrimentos e perigos a sobreviverem. Era a sua estreia no "uivo de lobo" – lúgubre e cheio...

O romper do dia dissipou-lhe os terrores, mas agravou o seu sentimento de solitude. A terra nua, pouco antes tão povoada, constringiu nele qualquer coisa e fê-lo atirar-se para a floresta, tomando pela beira do rio. Correu o dia todo, sem descanso.

Parecia disposto a correr toda a vida. Seus músculos de aço como que ignoravam a fadiga. E ainda quando a fadiga sobreveio, a sua herança de resistência continuou a impeli-lo para a frente.

Lá onde o rio se estreitava entre penedias abruptas, galgava as altas escarpas. Se afluentes vinham despejar-se no caudal, cortava-os a nado ou passava-os a vau[43]. Por vezes seguiu pela parte já congelada, e ao quebrar-se do gelo novo teve de lutar pela vida contra a correnteza. Procurava a pista dos deuses. Procurava encontrar o ponto onde eles teriam deixado o rio.

Caninos Brancos possuía inteligência acima do comum dos lobos. Sua visão mental, entretanto, não era ampla bastante para adivinhar a existência da outra margem do Mackenzie. Que seria, se a pista dos deuses se revelasse daquele outro lado? Essa hipótese nunca lhe passou pela cabeça. Mais tarde, depois de mais viajado e mais vivido, poderia vir a aprender tal possibilidade. Mas esse dilatamento de visão permanece ainda latente no futuro – e ele corre como um doido por aquela margem do Mackenzie, a única que lhe entra nos cálculos...

Correu a noite inteira, dando de encontro, no escuro, com obstáculos que lhe retardavam o avanço mas não o desanimavam. Lá pelo meio do segundo dia, na sua trigésima hora de corrida, seus músculos foram cedendo ao cansaço. Apenas a energia nervosa o mantinha de pé, pois só havia comido quarenta horas atrás. A fome o punha cada vez mais fraco. Igualmente os contínuos mergulhos em água gelada faziam seu efeito. Sua bela pelagem estava arrepiada. Os coxinetes das suas patas ardiam, feridos e sangrentos. Já manquejava, e a manqueira crescia com o passar das horas. Para agravamento da situação, o céu começou a entenebrecer-se[44] e a neve começou a cair – neve semiderretida, que tornava escorregadio

---

43 Vau: trecho raso do rio, onde se pode transitar a pé.
44 Entenebrecer: cobrir de trevas.

o chão, que escondia numa cortina a paisagem e que ocultando as desigualdades do solo lhe multiplicava as topadas.

Castor Pardo tinha deliberado acampar aquela noite na margem oposta do Mackenzie, onde ficava o campo de caça escolhido. Mas pouco antes naquela margem surgira um alce, que viera beber e fora descoberto por Kloo-kooch, sua esposa. De modo que se o alce não tivesse vindo beber ali, se Kloo-kooch não houvesse avistado o animalão e se Castor Pardo não o tivesse matado com um tiro de rifle, tudo que daqui por diante se segue teria acontecido de maneira diferente. Castor Pardo não teria erguido a barraca naquela margem do Mackenzie e Caninos Brancos teria passado por aquele ponto e seguido para adiante sem jamais encontrar seus deuses – para morrer ou ajuntar-se a alguma alcateia de irmãos, permanecendo lobo selvagem pelo resto da vida.

Caíra a noite. A neve adensava-se e Caninos Brancos, gemendo baixinho para si próprio enquanto manquejava, deu de súbito com um rastro fresco impresso na neve. Reconheceu-o imediatamente, e uivando de alegria seguiu-o pela floresta adentro, onde a pista mergulhava. Breve os ruídos do acampamento lhe chegaram aos ouvidos e seus olhos viram o clarão do fogo. Lá estava Kloo-kooch cozinhando e Castor Pardo, de cócoras, comendo um naco de alce. Havia carne fresca no acampamento!

O lobinho, ao chegar, esperou pelo castigo. Agachou-se, humilde, com os pelos eriçados. Depois caminhou mais uns passos, sempre a tremer ante a perspectiva das pancadas que o aguardavam. Mas teria a compensação do agradável calor do fogo, da proteção dos deuses e até da sociedade dos cães – sociedade de inimigos, era verdade, mas ainda assim gratas aos seus instintos gregários.

Aproximou-se rastejante do fogo. Castor, ao vê-lo, interrompeu o repasto. O lobinho arrastou-se em sua direção, de agacho, gemendo na humildade da subserviência incondicional, e por fim imobilizou-se aos pés do seu dono, em cujas mãos se entregava voluntariamente, rendido de alma e corpo. De vontade própria vinha dar-se ao homem para ser para sempre uma coisa sua. E todo ele tremia à espera do castigo terrível. Vislumbrou sobre a cabeça o movimento de um braço que se levantava. Fechou os olhos à espera do golpe. O golpe, entretanto, não veio, o lobinho arriscou uma espiadela para cima. Castor Pardo estava partindo o seu pedaço de carne em dois! Castor Pardo estava lhe oferecendo um desses pedaços! Mansamente e ainda tolhido de suspeitas, o lobinho farejou a carne; depois deu nela a primeira dentada. Pôs-se a comê-la. Castor Pardo deu ordem que lhe trouxessem mais carne e não deixou que cão nenhum se aproximasse enquanto ele comia. Terminada a refeição, Caninos Brancos deitou-se aos pés do índio, olhando para o fogo que o aquecia, e cochilou, seguro de que a manhã o viria encontrar não mais errante em abandono pelas matas desertas, mas no acampamento dos animais-homens, junto aos deuses para os quais se havia voluntariamente rendido e dos quais ia agora ficar para sempre escravo.

V

O pacto

No final de dezembro, Castor Pardo começou a subir o Mackenzie. Mit-sah e Kloo-kooch iam com ele. Levavam dois trenós, um do índio, puxado por grandes cães adultos, que comprara ou tomara emprestados, e outro, menor, o de Mit-sah, puxado por um grupo de cães novos. Era este trenó antes um brinquedo do que outra coisa e constituía o encanto do menino, já iniciando-se na vida de homem. Estava aprendendo a guiar e a treinar cães; os que puxavam o seu trenozinho experimentavam arreios pela primeira vez. Apesar disso, já realizava algum trabalho, pois a carga do trenó de brinquedo chegava a noventa quilos.

Caninos Brancos estava afeito a ver os cães adultos trabalharem atrelados aos trenós, de modo que não se ressentiu grandemente. Em torno do seu pescoço foi afivelada uma coleira estofada de musgo, à qual se atava o tirante[45].

Compunha-se o time de sete cãezinhos, de nove a dez meses, sendo Caninos o único de oito. Cada qual era ligado ao trenó por um tirante, cujo comprimento variava conforme a posição ocupada pelo seu portador no grupo. O trenó consistia num tobogã de casca de bétula, com a frente recurva para cima, de modo a não

---

45 Tirante: cada uma das correias que prendem o veículo aos animais que o puxam.

mergulhar neve adentro. Sua construção permitia que não só o peso do veículo, como o de toda carga fosse distribuído sobre uma superfície de neve, então em estado de pó muito macio.

Guardando os mesmos princípios da distribuição do peso, os cães se dispunham radialmente, em forma de leque, de modo que um não atrapalhasse o outro.

A segunda vantagem dessa disposição consistia em impedir que os cães de trás mordessem os da frente. Para que um agredisse outro teria de parar e voltar-se para o de trás, assim enfrentando os dentes do agredido e ainda o longo chicote do condutor. E se caso intentasse atacar o companheiro da frente, teria de puxar com mais ímpeto o trenó – e essa folga no peso fazia com que o ameaçado com facilidade se mantivesse fora do seu alcance. Desse modo um cão de trás nunca podia alcançar o da frente. Quanto mais depressa corria, mais depressa permitia que o ameaçado corresse – e quem ganhava com isso era o veículo, cuja velocidade aumentava.

Mit-sah puxara ao pai, cujo senso de observação das coisas herdara. Havia notado no primitivo acampamento a eterna perseguição com que Lip-lip atormentava o lobinho, mas naquele tempo Lip-lip pertencia a um outro índio e o menino o mais que se atrevera a fazer fora lançar contra ele, ocasionalmente, uma pedra. Agora, porém, Lip-lip lhe pertencia e o menino deu começo à revanche, colocando-o na frente do grupo. Isto fazia dele o líder, o que era aparentemente uma grande honra; mas, na realidade, em vez de comandar o grupo, Lip-lip tinha de sofrer o ódio e a perseguição de todos os demais.

Como corria no extremo do tirante mais comprido, todos os outros o vigiavam constantemente. Mas dele só viam a cauda peluda e as pernas traseiras – visão muito menos intimidante do que a da sua dentuça sempre arreganhada e a da sua juba sempre eriçada. Além disso, de vê-lo sempre correndo na frente, vinha aos cães a impressão de que Lip-lip lhes fugia – e cão que foge provoca nos outros a ânsia da perseguição.

Logo que o trenó se pôs em marcha o grupo disparou atrás de Lip-lip numa corrida de caça que durou o dia inteiro. A princípio ele tentou voltar-se contra os perseguidores, colérico e cioso da sua dignidade de líder; mas Mit-sah entrava no jogo com a ponta sibilante do seu chicote de tripa de rena, de dez metros de comprimento, e o forçava a pôr-se em marcha. Lip-lip poderia fazer frente à jovem matilha, mas não ao chicote, de maneira que tudo quanto lhe restava fazer era conservar bem tenso o tirante e assim guardar o espaço normal entre si e os dentes dos seus perseguidores.

Um ardil ainda mais finório, entretanto, germinava no cérebro do indiozinho. A fim de espicaçar a fúria de perseguição dos outros, começou a distinguir muito especialmente a Lip-lip, com favores que despertavam ciúmes tremendos. Dava-lhe carne, por exemplo, à vista dos outros, e só a ele. Aquilo era de enlouquecer de fúria o grupo. Enquanto Lip-lip comia, defendido pelo chicote do amo, os outros espumavam de ódio a distância. E quando não havia carne extra para lhe dar, Mit-sah levava-o para longe e fingia dar-lhe algum bom bocado.

Caninos Brancos aceitou sem revolta os arreios. Já havia, na sua arrancada louca à procura da pista dos deuses, feito um esforço muito maior do que o que lhe era agora imposto. Também já sabia ser inteiramente inútil opor-se à vontade dos deuses. A perseguição atroz que sofrera da matilha aproximara-o ainda mais dos homens. Não precisava dos cães para companhia; tinha a dos deuses. Sua mãe Kiche já estava esquecida e agora tudo nele se concentrava para consolidar a aliança com o homem. Para isso trabalhava firme e disciplinava-se na obediência. Fidelidade e boa-vontade eram as características de sua atitude. Traços comuns a todos os lobos e cães selvagens submetidos à domesticação, em Caninos Brancos esses traços se acentuavam singularmente.

Suas ligações com a matilha eram muito especiais – só de luta e inimizade. Nunca brincara com qualquer um deles. Com eles tinha apenas uma coisa a fazer: lutar, e lutar de modo que recebessem com grandes juros as dentadas e lanhos com que o haviam brindado no tempo em que Lip-lip era o chefe. Mas agora Lip-lip só se mostrava chefe no correr à frente do grupo, com a impressão de levar de arrasto ao trenó e toda a matilha.

No acampamento permanecia junto a Mit-sah, ou Castor Pardo, ou Kloo-kooch, não se arriscando a afastar-se dos deuses, agora que conhecia a força do ódio e tinha as presas de toda a cainçalha a arreganharem-se contra si.

Com a queda de Lip-lip, Caninos Brancos podia tornar-se o chefe do bando. Mas era ele muito displicente para isso. Limitava-se a trabalhar com eles. Fora daí ignorava-os. Todos lhe cediam o passo e nem o mais audacioso do bando ousava disputar-lhe um pedaço de carne. Ao contrário, devoravam o seu precipitadamente, receosos de que ele lhes viesse arrancá-lo dos dentes. Caninos Brancos conhecia muito bem a lei suprema: *oprimir ao fraco e obedecer ao forte*. Comia a sua carne o mais depressa possível e, depois, ai do que ainda não tivesse comido a sua! Um rosnar feroz e um terrível entremostrar das presas faziam a vítima ir-se dali, a uivar o seu desapontamento para as estrelas, enquanto o lobinho calmamente devorava a carne conquistada.

De vez em quando um se revoltava contra aquilo. Mas Caninos sem demora o esmagava, e desse modo mantinha o seu domínio. No orgulho do seu voluntário isolamento da matilha, batia-se para mantê-lo. Batalhas de muito curta duração. Sua superioridade sobre os demais acentuava-se dia a dia. O lobo os punha fora de combate antes que soubessem do que se tratava e pudessem jogar o primeiro golpe de defesa.

Tão rígida como a disciplina dos deuses era a disciplina que Caninos Brancos impunha à matilha. Jamais permitia a nenhum qualquer fraqueza.

Forçava-os a respeitarem-no. Fizessem como quisessem lá entre eles; nada tinha com isso; mas exigia que o deixassem só, que se afastassem do seu caminho e que em todas as ocasiões reconhecessem a sua chefia. Ao menor sinal de resistência projetava-se contra eles e os castigava cruelmente, convencendo-os de que o chefe é o chefe.

Tornou-se um monstruoso tirano, frio e duro como o aço, dos que oprimem por puro espírito de vingança. Não fora à toa que se vira compelido, no primitivo acampamento, a uma perpétua luta pela vida, quando, recém-arrancado da liberdade nativa, nem com o socorro de sua mãe prisioneira podia contar. Como não fora à toa que aprendera a agachar-se sempre que uma força superior o ameçava. E assim revidava no fraco o que sofria do forte.

Passaram-se meses. A jornada de Castor Pardo prosseguia, com a força do lobinho desenvolvendo-se naquelas longas horas de trabalho muscular, na tração do trenó. Também desabrochava a sua inteligência. Conhecia muito o meio que o rodeava, tendo dele uma ideia friamente materialista. Era um mundo brutal, vazio de bondade, onde a carícia da afeição não encontrava agasalho.

Afeição por Castor Pardo, nenhuma. Considerava o índio um deus, sim, mas um deus bárbaro. Caninos Brancos admitia apenas a sua superioridade em inteligência e força bruta. Qualquer coisa dentro de si tornava-lhe desejável a dominação do deus bárbaro, pois do contrário teria permanecido no Wild, quando fugiu do primeiro acampamento. Em sua natureza havia recantos ainda não explorados. Uma palavra de bondade do índio, uma carícia de mão teria talvez desvelado esses recantos, mas Castor Pardo jamais teve essa palavra, ou essa carícia. Não estava em seu temperamento. Puro selvagem, era asselvajadamente que se impunha, administrando justiça a pau e recompensando o mérito apenas com a ausência do castigo.

Não conheceu o lobinho nada do céu que pode estar contido numa mão humana, e por isso passou a odiar esse órgão. Desconfiava dele. Verdade que às vezes da mão lhe vinha um bem – pedaços de carne; mas a regra era vir sempre dano. Mão – órgão do qual era forçoso estar sempre afastado. Lançava pedras, manejava paus e chicotes, administrava murros tremendos, e quando se achegava à sua pele, fazia-se hábil em torcer beliscões. Em outros acampamentos travara relações com mãos de crianças, e viu como eram cruéis no ferir. Certa vez quase teve um olho furado pela mão de um papoose (menino índio). Estas experiências fizeram-no suspeitoso das crianças, às quais não tolerava. Quando dele se aproximavam, agitando no ar as terríveis mãozinhas, Caninos se afastava sistematicamente.

Foi num acampamento do grande lago Slave que Caninos, depois de completar o seu curso de aprendizagem sobre a malvadez da mão, modificou a lei suprema aprendida de Castor Pardo, isto é, que constitui o crime dos crimes morder a um deus. Estava lá um dia, conforme o costume dos cães, tecendo por entre as barracas à procura de alimento, quando viu um rapazinho cortando carne de alce com um machado. Pequenos pedaços caíam sobre a neve. O lobinho, com fome, aproximou-se e muito naturalmente foi comendo aqueles sobejos. Súbito, o menino deixou o machado e passou a mão em um pau. Caninos saltou veloz, a tempo de livrar-se do golpe, mas o papoose o perseguiu até o encurralar entre duas barracas e uma íngreme barranca.

Não havia por onde fugir. A entrada única, entre as barracas, estava guardada pelo menino, que, de pau armado, preparava-se para espancá-lo. Caninos Brancos sentiu-se tomado de fúria, e enfrentou o inimigo de dentes em arreganho, numa incontida explosão de revolta contra a injustiça. Injustiça, sim, porque a lei da comida nos acampamentos diz que toda a carne que está no chão pertence aos cães. Apesar disso, o menino ia bater nele. O que sucedeu foi tão rápido que nem um nem outro tiveram tempo de perceber, mas o menino ficou de pernas para o ar na neve, com a mão que segurava o porrete terrivelmente mordida.

    Caninos, entretanto, tinha a consciência de haver infringido a lei dos deuses mordendo a carne sagrada de um deles, e esperou o mais terrível dos castigos. Correu para Castor Pardo, a cujos pés deitou-se, com os olhos no menino que se aproximava, trazido por toda a família em fúria, num clamor por vingança. Mas não tiveram a vingança pedida.

    Castor Pardo pôs-se do lado do lobo, com apoio também de Mit-sah e de Kloo-kooch. Caninos Brancos deduziu daquela disputa em altos gritos e violentos gestos que a sua ação se justificara. Aprendeu assim que havia deuses e deuses. Que havia os seus deuses e os outros deuses. Justa ou injustamente, tinha de aceitar tudo que procedia da mão dos seus deuses. Mas não era obrigado a aceitar a injustiça oriunda dos outros deuses. Podia, ofendido por eles, retalhar a dente – e isso, ele o via agora, era uma outra lei dos próprios deuses.

    Nesse mesmo dia aprendeu mais alguma coisa relativa à lei dos deuses. Mit-sah, que andava juntando lenha pela floresta, encontrou por lá o rapaz de mão mordida, acompanhado de vários amigos. Logo travaram-se insultos, vendo-se Mit-sah atacado pelo bando inteiro. E atacado de rijo. Pancadas choviam-lhe em cima de todos os lados. Caninos Brancos refletiu que era um negócio entre deuses, com o qual ele nada tinha que ver. Depois ponderou que se tratava de Mit-sah, um dos seus deuses, e que Mit-sah estava sendo maltratado. Decidiu-se então, e de um salto projetou-se no meio do grupo atacante, dispersando-o num segundo, à força de dentadas que coloriram a neve de vermelho. Quando Mit-sah contou o caso no acampamento, Castor Pardo mandou que dessem ao lobinho um grande pedaço de carne. E de papo cheio, junto à fogueira de deliciosa quentura, pôde Caninos convencer-se com as suas reflexões de que havia acertado na interpretação da lei dos deuses.

De modo idêntico aprendeu a lei da propriedade e que era seu dever defender os bens dos seus deuses. Da proteção do corpo dos deuses à proteção da propriedade dos deuses havia apenas um passo, que Caninos transpôs logo.

Aprendeu que o que pertencia aos seus deuses tinha de ser defendido ferozmente contra tudo e contra todos, ainda que fosse preciso meter os dentes em outros deuses. Mas isso de meter os dentes em deuses todo-poderosos era, além de sacrilégio, perigosíssimo. Não obstante Caninos Brancos ousou enfrentá-los sem temor. O senso do dever sobrepujava o medo, e muitos deuses aladroados tiveram, por sua causa, de respeitar como sagradas a propriedade de Castor.

Caninos ficou sabendo durante essas experiências que um deus ladrão é profundamente covarde, visto como corre em fuga até de um simples latido de alarma. Verificou também que depois de lançar um latido de alarma, sem demora surgia de sua tenda o índio, correndo em seu auxílio. Não era pois medo dele, lobo, o que fazia o deus ladrão fugir, e sim a certeza de que após o latido Castor nunca falhava de aparecer. Cessou então de dar alarma com latidos. Limitava-se a lançar-se contra o deus ladrão e a ferrá-lo sem dó. Devido à sua displicência, que o mantinha arredado dos demais cães, nenhum era mais próprio para guardar a propriedade do índio, e nisso viu-se estimulado. Como consequência, tornou-se ainda mais feroz, mais indomável e mais solitário.

Com o correr do tempo, foram se apertando os laços que o uniam ao índio. Reafirmava-se o velhíssimo pacto de ligação entre o primeiro lobo fugido do Wild e o primeiro homem que lhe aceitou a submissão. E como haviam feito todos os seus ancestrais, assim fez Caninos. Os termos da aliança eram simples. Trocava a liberdade nativa pela posse de um deus de carne e osso. Recebia daquele deus alimento e fogo, proteção e sociedade em troca de lhe guardar os haveres, defendê-lo, trabalhar para ele e obedecê-lo cegamente.

A posse de um deus implicava prestação de serviços. Caninos Brancos dava aos seus deuses serviço e obediência, mas não amor. Não sabia o que fosse amor. Sua mãe Kiche já era uma vaga lembrança no fundo da sua memória. Além disso, não só havia abandonado o Wild para sempre quando retornara ao homem, como também renunciara a tudo, de modo que ainda que de novo encontrasse Kiche, já não trocaria por ela os seus deuses. Sua aliança com o homem tinha a força de uma lei maior do que o amor à liberdade e a fidelidade ao parentesco.

VI
A fome

A primavera daquele ano já se aproximava quando Castor Pardo deu por finda a sua estação de caça. Foi em abril que Caninos, já com um ano de idade, viu-se liberto dos arreios. Embora ainda longe do desenvolvimento máximo, era ele, depois de Lip-lip, o mais crescido de toda a jovem matilha. De seu pai Caolho e de Kiche havia herdado estatura e força, mais nervosa do que maciça. Tinha a pelagem de um verdadeiro lobo cinzento e era em tudo mais um verdadeiro lobo. O quarto de sangue de cão recebido de Kiche não o marcara exteriormente em coisa nenhuma; marcara-o apenas por dentro, na formação mental.

Caninos gostava de errar pela aldeia, revendo com visível satisfação os vários deuses que conhecera no primitivo acampamento e também os cães – os novos – já tão crescidos como ele, e os velhos, que já não lhe pareciam tão grandalhões e terríveis como outrora. Metia-se pelo meio deles com visível segurança de si mesmo.

Entre os cães velhos havia um de pelo grisalho, chamado Baseek, do qual outrora Caninos fugia correndo ao menor arreganho. Baseek proporcionou-lhe um meio de medir o seu próprio valor, de verificar que naqueles tempos o lobinho realmente nada valia, mas que agora tudo estava mudado. É que Baseek ia decaindo em forças com a idade, ao passo que Caninos tinha as suas em ascensão.

A prova foi tirada durante o carneamento[46] de um alce, caçado certo dia. Caninos tomara para si um mocotó[47] e já se retirava com ele na boca, para o roer com todo o sossego, quando Baseek arrogantemente interceptou seu caminho. A cena foi rápida como o raio. Antes que o velho cão percebesse algo já estava com duas terríveis dentadas no pescoço e com o ofensor longe, fora do seu alcance. Surpreendeu-se Baseek da violência e rapidez do ataque e quedou-se parado, olhando para o lobinho em guarda, com o osso vermelho no chão, interposto entre ambos.

Baseek sabia, por experiência, como se desenvolve depressa o valor dos cães novos. Meses antes teria se lançado contra Caninos com todo o ímpeto da sua cólera. Mas sentia que os papéis estavam mudados, e limitou-se a assumir o mais feroz dos aspectos, como para fulminar o atrevido. Por sua vez, Caninos, ainda sob a influência dos velhos terrores, encolhia-se, com ar de quem se prepara para uma retirada estratégica não de todo vergonhosa.

Baseek errou em seus cálculos, supondo que bastaria aquela ameaça dos dentes para vencer o lobinho, e sem esperar que o atrevido, já prestes a bater em retirada, de fato o fizesse, avançou para a carne, seguro da vitória. Avançou e plantou as patas em cima. Enquanto isso, os pelos de Caninos eriçavam-se. Ainda havia tempo para Baseek de firmar-se na sua conquista. Bastaria que se mantivesse com as patas sobre a carne e firme no arreganho. O cheiro do sangue, entretanto, o tonteou, e esquecido da prudência quis logo devorar a presa.

Aquilo era demais para o lobinho. Estava ainda muito fresca em sua memória a lembrança da sua longa chefia sobre os cães novos para permanecer impassível diante de tamanha ofensa. E atacou, como de costume sem aviso, fulminantemente. Ao primeiro golpe, a

---

46 Carneamento: esquartejamento.
47 Mocotó: pata dos animais bovinos, destituída do casco.

orelha direita de Baseek foi feita em tiras, e o velho cão espantou-se com a rapidez do assalto. Teve mais do que se espantar. Com igual rapidez viu-se lançado por terra e mordido na garganta. Tentou erguer-se, e enquanto isso o lobinho repetia dentadas em seus ombros. Fora por demais desnorteante o ataque e inutilmente Baseek tentou revidar. Seus botes não alcançavam o inimigo e como o seu focinho estava sendo mordido, teve de afastar-se de um salto de sobre a carne.

A situação mudara. Caninos Brancos era quem tinha agora as patas sobre a carne, arrepiado e ameaçador, enquanto Baseek, a alguma distância, preparava a retirada. O velho cão achou prudente não arriscar novo pega com aquele corisco[48] de lobo, verificando mais uma vez como a idade quebra o vigor dos músculos. Fez uma tentativa heroica para manter a sua dignidade. Voltou as costas calmamente para o lobinho e mais o mocotó, como se nem um nem outro lhe merecessem atenção nenhuma e retirou-se. E só depois que o perdeu de vista é que parou para lamber os ferimentos.

A consequência desse pega foi dar a Caninos Brancos maior certeza da sua força. Começou a passear entre os cães adultos mais desembaraçadamente, embora sem nenhuma arrogância. Longe disso. Apenas exigia consideração e o direito de seguir seu caminho sem ser molestado, não cedendo precedência a nenhum outro. Teria de ser levado em conta, eis tudo. Passara-se já a fase em que permanecia ignorado, como filhote novo que era, ele e os demais. Os cães novos tinham de ceder o passo aos adultos, e entregar-lhes a carne, sempre que lhes fosse exigida. Exceção única se abria para ele. Insociável, solitário, displicente, descurioso, temível, de aspecto nada amigo e sempre distante, Caninos era aceito como igual entre os adultos atônitos. Aprenderam logo a deixá-lo só, sem hostilizá-lo, nem abrirem-se em manifestações de amizade. Se eles o deixavam em paz,

---

48 Corisco: relâmpago.

o lobinho pagava na mesma moeda, situação que ambas as partes, depois de algumas colisões, acharam a mais vantajosa.

Pelo meio do verão, Caninos Brancos adquiriu nova experiência. Trotando silencioso, como de costume, para ir examinar uma barraca nova que fora erguida num dos extremos da aldeia durante o tempo em que estivera ausente, deu de cara com Kiche. O lobinho entreparou, olhando-a. Lembrava-se dela vagamente – lembrava-se e não mais do que isso. Kiche arreganhou-lhe os dentes, no seu velho rosnar de ameaça, e o lobinho viu tudo claro. Sua já esquecida meninice, tudo quanto estava associado àquele arreganho tão familiar, ressaltou vívida em sua memória. Antes de haver conhecido os deuses, aquela que ali estava fora o centro do seu mundo. Os velhos sentimentos de família daquele tempo rebrotaram, desabrocharam de golpe, e Caninos saltou para Kiche num acesso de ternuras. A loba, porém, o recebeu com uma dentada feroz. Caninos, atônito, sem nada compreender, limitou-se a fugir dali, completamente desnorteado.

Kiche não tinha culpa. Uma mãe-loba não é feita para lembrar-se dos filhos nascidos um ano atrás, e ela não reconhecera Caninos. Recebeu-o como um intruso, e sua última ninhada de filhotes dava-lhe o direito de repelir qualquer intruso.

Um destes filhotes novos aproximou-se do lobinho. Eram irmãos por parte de mãe sem o saberem. Caninos farejou-o, cheio de curiosidade, e quando deu acordo do que fazia, nova dentada de Kiche o fez sumir-se para longe. Todas as imagens da meninice, por um instante despertas, refluíram para o túmulo e ele ficou olhando para a loba, que lambia o filhote e de vez em quando ainda rosnava para o intruso distante. Kiche de nada mais lhe valia, raciocinou Caninos. Tinha de manter-se afastado dela. Perdera a significação. Não havia doravante lugar para Kiche em sua vida, nem para ele na vida dela.

Caninos ainda estava sob impressão da surpresa causada pelo incidente quando Kiche investiu de novo, atacando-o pela terceira vez. Queria, sem dúvida, afastá-lo para bem longe dali. Caninos deixou-se escorraçar. Tratava-se de uma loba e a lei dos da sua espécie manda que os machos nunca se batam com as fêmeas. Ninguém lhe ensinara essa lei, mas um velho instinto o advertia, o mesmo instinto que o fez uivar à lua quando Kiche se foi.

Meses passaram-se. Caninos ia crescendo em força e peso, com o caráter a desenvolver-se nas linhas estabelecidas pela hereditariedade e o meio ambiente. Sua hereditariedade, como argila, podia ser moldada de diferentes modos e o meio entrava com os moldes. Se a fogueira dos deuses não o houvesse atraído, o Wild teria entrado com os moldes e Caninos se transformaria num verdadeiro lobo. Mas veio parar entre os deuses e o ambiente em que os deuses viviam afeiçoou-o como cão, embora deixando-lhe muito de lobo.

Do mesmo modo o seu caráter foi se conformando pela ação do meio duma forma toda particular. Não podia fugir disso. Estava tornando-se cada vez mais displicente, mais insociável, mais amigo da solidão, mais feroz. Os cães convenceram-se de que era melhor viver em paz com ele do que em guerra, e Castor Pardo dia a dia lhe dava maior valor.

Na sua força sempre crescente havia uma fraqueza – não poder suportar risadas. Achava odioso o riso do homem. Que se rissem entre eles de tudo quanto lhes aprouvesse, menos dele. Rirem-se dele era lançá-lo em acessos da mais terrível fúria. Sério como se mantinha, digno e sombrio, o riso vinha quebrar-lhe a compostura, e tão colérico o punha que durante horas virava um perfeito demônio. E ai do cão que nesses momentos passasse por perto! Sua fúria só não atingia Castor Pardo, porque atrás deste havia um pau e uma inteligência de deus. Mas entre os cães fazia-se logo uma clareira, quando Caninos entrava em cena enfuriado por um riso.

Lá pelo terceiro ano da sua vida, uma grande fome ocorreu naquela zona do Mackenzie. A pescaria do verão falhara. Falhara também a migração hibernal dos caribus. Os alces tornaram-se raros, os coelhos sumiram-se e os animais de presas, desprovidos de carne, pereceram em quantidade. Enlouquecidos pela fome, lançaram-se uns contra os outros e extinguiram-se. Sobreviveram apenas os mais fortes. Os deuses de Caninos Brancos também eram animais de presa, de modo que os mais velhos e fracos logo sucumbiram à fome. Ouviam-se lamentações pela aldeia, de onde mulheres e crianças eram afastadas para que o pouco alimento restante pudesse caber aos magros caçadores, em constantes e inúteis corridas pela floresta limpa de caças.

A tal ponto de fome chegaram os deuses, que comeram o couro das suas botas e luvas, enquanto os cães roíam os arreios e até os chicotes de tripa. Depois os cães devoraram-se uns aos outros e os deuses devoraram os cães. Os mais fracos e de menor valor foram as primeiras vítimas. Os restantes olhavam pensativamente para aquilo, compreendendo tudo. Alguns mais intrépidos desertaram a fogueira daqueles deuses titubeantes de fraqueza, e meteram-se pela floresta, onde acabaram mortos pela fome, quando não nos dentes dos lobos.

Caninos fez isso, mas como era mais bem aparelhado para a luta pela vida do que os seus companheiros, sobreviveu, entregue à caça de pequeninas coisas vivas. Ficava escondido durante horas, seguindo os movimentos de um cauteloso esquilo repimpado em árvore com uma paciência tão grande como a sua fome, até que o animalzinho se atrevesse a pular em terra. E ainda quando o via saltitando no chão, a prudência de Caninos se fazia sentir. Não se precipitava. Esperava o momento certo para o bote, de modo que fosse sempre infalível.

Apesar de bem-sucedido na caça aos esquilos, uma dificuldade o impedia de engordar com aquele alimento: a escassez de esquilos. Daí a necessidade de procurar coisinhas vivas ainda menores. Não se vexava de escavar pacientemente a terra para desentocar um rato do campo, e também travava batalhas terríveis com as doninhas, inda mais esfaimadas que ele.

125

Num dos períodos mais agudos da sua fome, atreveu-se a voltar à aldeia dos índios. Mas não se atreveu a penetrar nela. Ficou a rondá-la de dentro da floresta, espiando o que se passava e passando em revista as armadilhas por ali armadas pelos deuses. Chegou a furtar um coelho de uma armadilha de Castor Pardo, quando o deus, que vinha em sua direção, parou e sentou-se para um momento de descanso.

Certo dia encontrou um filhote de lobo, os ossos furando a pele e semimorto de fome. Não fosse a intensidade da sua miséria e teria seguido com ele até encontrar a alcateia à qual pertencia. Mas a fome era demais. Teve de devorá-lo.

O destino parecia favorecê-lo. Sempre que sua fome atingia o apogeu, qualquer coisa lhe caía sob os dentes. E nos momentos de maior debilidade nunca teve encontro com animal de presas que lhe sobrepujasse o valor.

O seu encontro com uma alcateia faminta deu-se numa ocasião em que estava bastante restaurado de forças, graças a um lince que apanhara. Fizeram-lhe uma perseguição tenaz, mas como tinha todo um lince no estômago, venceu na corrida aos perseguidores mais debilitados. E não se limitou a isso. Deu voltas ao bando, por trás, e ainda apanhou um lobo exausto, que se atrasara.

Depois dessa aventura, Caninos abandonou aquela região e pôs-se no rumo do vale onde havia nascido. Lá, na velha cava dos primeiros tempos, encontrou Kiche. Também a loba, prudente que era, fugira ao inospitaleiro acampamento dos homens famintos para abrigar-se na caverna. Da sua última ninhada apenas restava um filhote que não durou muito.

A recepção de Kiche não foi nada afetuosa, mas Caninos a aceitou sem ressentimento. Estava já mais forte que sua mãe e limitou-se a balançar a cauda filosoficamente, seguindo dali para rio acima. No ponto em que o caudal se subdividia, tomou pela esquerda, indo dar com a toca da mãe-lince outrora vencida por Kiche em terrível luta. Nessa toca, agora abandonada, descansou todo um dia.

Pela entrada do verão, quando a fome estava prestes a chegar ao fim, encontrou-se com Lip-lip, que também fugira do acampamento e errava pela floresta em miserável estado. Caninos deu com ele de chofre. Vinham de direções opostas e encontraram-se na curva de uma trilha. Entrepararam, olhando-se suspeitosamente. Caninos achava-se em condições ótimas. Suas últimas caçadas tinham sido rendosas e fazia já uma semana que se refartava diariamente. Mesmo assim, ao dar com o seu velho inimigo e algoz, o pelo eriçou-se ao longo do seu dorso. Pura ação reflexa, consequência do choque mental que outrora lhe produzia o encontro daquele tirano.

Lip-lip quis recuar, mas não teve tempo. Caninos atacou-o com o ímpeto do relâmpago, arrojando-o por terra e cravando-lhe os dentes na garganta. Como fosse luta de morte, Caninos ficou rodeando o vencido, sempre em guarda, até que o viu cair em imobilidade completa. Em seguida continuou seu caminho.

Alguns dias depois alcançou o extremo da floresta, onde um trecho de terra nua de vegetação conduzia ao Mackenzie. Caninos já havia estado ali, mas nesse tempo tudo era deserto. Via lá agora uma aldeia de índios. Oculto entre as árvores, ficou observando e estudando a situação. Aos seus ouvidos chegavam, trazidos pelo vento, odores familiares. Era a mesma aldeia dos seus deuses que se transportara para ali. Mas o que via, ouvia e farejava não era o que vira, ouvira e farejara nos últimos tempos em que lá estivera. Nada de queixumes ou gemidos, mas sons alegres no ar. E quando ouviu um grito de cólera de uma mulher, percebeu que era cólera só possível em um deus de estômago cheio. Também boiava no ar cheiro de peixe. Já havia abundância. A fome passara.

Caninos Brancos deixou a floresta e trotou em linha reta para a barraca de Castor Pardo. Não o encontrou, mas Kloo-kooch o recebeu com grandes demonstrações de alegria, dando-lhe logo um peixe recentemente pescado. Caninos comeu e deitou-se à espera do seu índio.

QUARTA PARTE

Os inimigos da sua raça

Caso houvesse na natureza de Caninos Brancos alguma possibilidade remota de confraternizar com os seus companheiros de matilha, foi ela desfeita com a sua elevação a chefe do grupo puxador do trenó. Isso fez com que os cães passassem a detestá-lo – por causa dos pedaços de carne extras que lhe dava Mit-sah, e por verem-no sempre na vanguarda, a flutuar a cauda peluda e a fugir com os quartos[49] terrivelmente andarilhos diante dos seus olhos enfuriados.

E Caninos pagava-lhes na mesma moeda. Odiava-os mais ainda. Ser líder do grupo não lhe era agradável situação. Eternamente compelido a correr na frente da matilha ululante[50], como que fugindo dela, matilha formada de cães que durante três anos ele tiranizara, isso lhe custava muito. Mas tinha de manter-se nesse posto ou perecer, e a vida que dentro dele fervia não lhe dava nenhum desejo de perecer.

No momento que da boca de Mit-sah saía o sinal de partida, todo o grupo, num arranco único, projetava-se para a frente, como em

---

49 Quartos: ancas, cadeiras, quadris.
50 Ululante: que uiva, lamentoso, clamoroso.

perseguição do odiado líder e a Caninos nenhum recurso restava se não correr. Se se voltasse para enfrentar os cães, o chicote de tripa de Mit-sah vinha adverti-lo no focinho. Correr, correr – era a única solução. E ele corria, corria, violentando a sua natureza e o seu orgulho a cada arranco que dava a frente. E assim o dia inteiro.

Mas contrariar a natureza é recalcá-la. Esse recalque é como o de um fio de barba que não podendo seguir seu curso natural mete-se pela pele adentro, ofendendo-a. Cada impulso da natureza de Caninos contra a matilha que seguia em seu encalço via-se posto em cheque pela vontade dos deuses, armados do doloroso chicote de dez metros. Recalcado desse modo, desenvolvia-se nele o ódio e uma malícia comensurada[51] ao feroz e indomável da sua índole.

Se uma criatura jamais se tornou o inimigo irrestrito dos da sua espécie, essa criatura chamava-se Caninos Brancos. Não pedia nem dava sossego aos cães. Vivia a marcar-se de dentadas e a marcar terrivelmente os mordedores. Diferentemente de outros líderes de matilhas, que quando acampados se achegavam aos deuses para proteção, ele a desdenhava. Corria todo o campo intrepidamente, infligindo durante a noite punições pelo mal que de dia lhe causavam. Antes de ser chefe, a matilha aprendera a lhe ceder o passo sempre. Mas agora tudo mudava. Excitados pela aparente perseguição que lhes movia durante as horas de trabalho e com a imagem no cérebro da perpétua fuga do chefe, e ainda exaltados pela sensação de vitória, que os animava nessas corridas, os cães não mais se submetiam às humilhações de outrora. Quando Caninos vinha para o meio deles, era inevitável o choque, e o lobo tinha de caminhar rosnando e atirando botes. Seu próprio hálito parecia carregado de ódio e maldade, com a virtude de acender ainda mais o ódio e a maldade dos outros.

---

51 Comensurar: medir, comparar.

Quando Mit-sah dava o grito de parada, Caninos obedecia. No começo isso causou desordem na matilha. A parada súbita do chefe punha-o ao alcance dos dentes dos cães, mas o chicote de Mit-sah não deixava que se vingassem – e assim aprenderam que quando o sinal de parada soava, a ordem era deixar o chefe em paz. Mas, se o chefe parava por vontade própria, então lhes era permitido arrojarem-se contra ele e destruírem-no, se o pudessem. Depois de algumas experiências, Caninos deliberou nunca deter-se antes de ouvir o sinal. Aprendeu isso depressa. Era o seu destino. Tinha de aprender tudo depressa, de modo a sobreviver na terrível vida em que as circunstâncias o colocaram. Mas os cães nunca aprenderam a deixá-lo em paz nos acampamentos. Cada dia passado no trenó com a ilusão de o estarem perseguindo apagava-lhes as lições recebidas na véspera. Além disso, era muito intenso o ódio que lhe consagravam. Sentiam, como cães que eram, a distância que os separava dos lobos. Não passavam, eles próprios, de lobos domesticados. Cão é isso. Mas essa domesticação vinha de gerações e gerações. Muito da selvageria lupina já estava neles diluída e o Wild já lhes parecia o desconhecido, o terrível, o sempre-ameaçador e o sempre em guerra. Para Caninos, entretanto, o Wild ainda estava fresco em sua memória, pois fora o seu ambiente nos primeiros tempos. E vendo nele o próprio Wild personificado, quando os cães lhe mostravam os dentes, era para defenderem-se contra uma das forças de destruição que espiam de dentro das sombras do Wild. Uma coisa os cães aprenderam: conservarem-se unidos.

Sendo Caninos muito forte para ser enfrentado singularmente, eles o atacavam em formação cerrada. Do contrário o lobo os mataria a todos, um por um, durante uma noite. Unidos, escapavam dessa chance de extermínio. Caninos poderia agarrar a um deles desprevenido e arrojá-lo por terra, mas imediatamente acorriam todos os outros em defesa do companheiro, ainda que no momento estivessem brigando entre si.

Por outro lado, por mais que fizessem não podiam dar cabo de Caninos. O lobo era muito rápido de movimentos, muito forte, muito astuto. Evitava sistematicamente os lugares estreitos onde o pudessem encurralar. E quanto a deitá-lo por terra, não havia cão que o conseguisse. Seus pés aferravam-se ao solo com a mesma tenacidade com que ele se aferrava à vida. Equilibrar-se sempre sobre as quatro pernas queria dizer vida – ninguém sabia disso melhor do que Caninos.

E assim ele permanecia o inimigo intratável da sua raça, daquela raça de lobos domesticados pelo homem e quebrados da ferocidade antiga pelas carícias do fogo e da proteção humana. Inimigo rancoroso, implacável. Havia jurado vingança contra todos e tão terrivelmente a conduzia, que Castor Pardo, outra fera, maravilhava-se diante da sua ferocidade. Nunca, dizia Castor, existiu animal como aquele – e índios de outras aldeias soltavam exclamações de espanto diante dos estragos de Caninos entre seus cães. Ao atingir o quinto ano de idade, Castor Pardo o levou a uma outra longa travessia, e por muito tempo guardou a memória das suas violências contra os cães encontrados pelo caminho, ao longo do Mackenzie e do Yukon. O lobo deu então vazão ampla ao seu ódio à raça. As vítimas não passavam, em regra, de cães sossegados, que jamais sonharam com aqueles ataques fulminantes. Caninos caía sobre eles como o corisco da chacina, sem perder tempo em ameaças preliminares, cortando-lhes a garganta antes que percebessem qualquer coisa.

Tornou-se com a prática um lutador perfeito. Economizava golpes. Despendia da sua força, durante o pega, exatamente o necessário, nem mais nem menos. Velocíssimo no bote, e se o perdia, velocíssimo no recuo. Seu horror por locais fechados acentuara-se a ponto de não poder tolerar o contato ou a proximidade de outro corpo. Havia de estar sempre afastado, livre de movimentos, sem nada vivo perto. Era o Wild ainda alerta dentro dele, a selvageria incoercível – sentimentos acentuados pela vida nômade que levara desde a infância. Há perigos em todos os contatos. Há sempre a armadilha, a traição – e o senso de resguardo contra insídias[52] mantinha-se vivíssimo em todas as suas fibras.

Em consequência disso, todos os cães que topava não tinham contra ele nenhuma chance. Caninos esquivava-se aos seus botes e, ou os subjugava, ou recuava célere, mas sempre intato. Havia entretanto exceções, momentos em que vários cães em ataque de conjunto o feriam antes que pudesse pôr-se seguro. Outras vezes mesmo em pega singular saía ferido. Meros acidentes, e raros. Em regra vencia sempre e mantinha-se intangível.

Uma das suas vantagens era medir corretamente o tempo e o espaço. Não o fazia de modo consciente, mas com perfeito automatismo. Seus olhos viam com absoluta precisão e seus nervos levavam ao cérebro também com absoluta precisão o que a retina captava. Possuía Caninos um organismo mais perfeito que o comum dos cães. Todos os seus órgãos funcionavam em harmonia, com firmeza e segurança. Quando seus olhos mandavam ao cérebro a impressão dum movimento, sem nenhum esforço consciente ele calculava certo o espaço a que se limitava tal movimento e o tempo requerido para que se completasse. Desse modo furtava-se ao salto dos cães ou ao bote dos seus dentes, do mesmo modo que se aproveitava de uma fração infinitesimal de segundo para lançar um golpe. Corpo e cérebro tinha-os qual perfeita máquina. Nenhum mérito nisso. A natureza o fizera com mais apuro que aos demais. Era só.

Foi pelo verão que Caninos Brancos chegou ao Forte Yukon. Castor havia cruzado durante o inverno as aguadas que se estendem entre o Mackenzie e o Yukon e passara a primavera caçando

---

52 Insídia: cilada, perfídia.

pelos contrafortes[53] das montanhas Rochosas. Depois, ao degelar-se do Porcupine, construíra uma canoa para descer este rio até o ponto onde se junta com o Yukon. Ficava lá o velho forte da Hudson Bay Company. Por esse tempo havia pela região um movimento excepcional de mineradores, que aos milhares subiam esse curso d'água, rumo a Dawson[54] e ao Klondike[55]. Apesar de ali estarem ainda a centenas de quilômetros dos pontos visados, muitos deles haviam despendido um ano para chegar ao forte, com um percurso no mínimo de oito mil quilômetros.

Castor Pardo se deteve ali. Tivera notícia da grande corrida do ouro e viera com vários fardos de peles, botas e mitenes de mocassim. Esperava um lucro de cem por cento. A realidade excedeu ao esperado. O lucro seria de mil por cento, e Castor, como bom índio que era, estabeleceu-se para mercadejar cuidadosa e sossegadamente, ainda que levasse todo o verão e o resto do inverno para dispor do estoque.

Foi no Forte Yukon que Caninos viu os primeiros homens brancos. Verificou que comparados aos índios constituíam poder mais alto. Sentiu isso. Assim como na sua meninice o vulto das barracas erguidas pelos índios afetou-o como manifestação de poder, assim o impressionava agora o vulto das casas e do forte de madeira. Eram indícios de poder e, portanto, os deuses brancos eram poderosos. Possuíam maior dominação sobre as coisas. Entre os deuses vermelhos avultava Castor Pardo; apesar disso, Castor dava a impressão de ser uma criança no meio dos deuses

---

53 Contraforte: cadeia de montanhas que se destaca, mais ou menos perpendicularmente, de um maciço principal.
54 Dawson: cidade do Canadá e antiga capital do território de Yukon.
55 Klondike: região da parte central do território de Yukon, Canadá, situada na bacia do rio Yukon, ao sul da cordilheira de Ogilvie. Klondike também é o nome de um rio do território de Yukon, que deságua no rio Yukon em Dawson.

brancos. Caninos sentiu-o, não o pensou. Não tinha consciência disso; cada ato seu dali por diante passou a ser baseado na sensação de que os homens brancos eram deuses superiores. A princípio mostrou-se muito desconfiado. Não podia prever que desconhecidos terrores emanariam deles, que desconhecidos golpes poderiam eles vibrar. E curiosamente os observava, sempre receoso de denunciar a sua presença. As primeiras horas de contato passou-as rodeando-os de longe, sempre em guarda. Depois, vendo que nenhum mal acontecia aos cães que os deuses brancos traziam consigo, aproximou-se.

Ao ser visto, tornou-se logo objeto da curiosidade geral. Sua aparência de lobo saltava aos olhos imediatamente, e todos o apontavam com o dedo. Este ato de apontar com o dedo pôs Caninos em guarda e quando via um deus aproximar-se, arreganhava-lhe os dentes e recuava. Nenhum conseguiu correr a mão sobre seu pelo, e foi bom que nenhum conseguisse!

Caninos logo aprendeu que muito poucos daqueles homens moravam ali – apenas uma dúzia, se tanto. Cada dois ou três dias um barco (outra colossal manifestação de poder) aparecia na margem e parava, ficando por lá muitas horas. Homens brancos saíam desses navios e neles entravam de novo.

E eram em incontável quantidade. No primeiro dia o lobo viu mais deles do que vira índios em toda a sua vida; e, à medida que o tempo se passava, mais e mais deuses brancos vinham ter àquele ponto, seguindo rio acima depois de breve parada.

Mas, se os deuses brancos eram todo-poderosos, os seus cães não valiam grande coisa. Caninos depressa verificou isso, metendo-se por entre os que desciam à praia em companhia dos seus senhores. Eram cães de todas as formas e tamanhos, alguns de pernas curtas, demasiado curtas, outros de pernas compridas, demasiado compridas. Tinham o pelo sedoso e, alguns, pelo curto. Mas lutar nenhum deles sabia.

Como inimigo da raça inteira, era natural que Caninos os provocasse para lutarem, mas breve verificou que só faziam jus ao mais completo desprezo. Molengas e inermes, barulhentos, procurando talvez conseguir com ruídos o que só a destreza e astúcia conseguem, esses cães lançavam-se contra ele latindo. Caninos, rápido como o raio, saltava de banda – e os deixava tontos, sem saberem o que lhes acontecera; nesse momento o lobo os ferrava nos ombros, deitava-os por terra e por fim desferia terrível dentada na garganta.

Na maior parte das vezes, essa mordida era fatal. A vítima rolava na areia, onde se via despedaçada pela matilha de cães dos índios, constituída em plateia. Caninos já sabia que os deuses vermelhos tornavam-se furiosos quando um cão era morto. Com os deuses brancos viu que acontecia o mesmo. Isso requintou o seu prazer de cortar-lhes a carótida e fugir, deixando que a matilha estraçalhasse o moribundo. Os deuses brancos intervinham, desancando aos completadores da obra do lobo, mas com ele nada acontecia. Ficava sempre a distância, enquanto pedras, paus, machados e toda a sorte de armas caía sobre os seus companheiros. Caninos era um lobo astuto e sábio.

Mas, a seu modo, os seus companheiros também foram se tornando avisados. Aprenderam que quando um navio atracava é que havia "festa". Notaram que depois do estraçalhamento de dois ou três cães, os homens brancos retinham os demais a bordo e procediam a terrível vingança. Um deles, vendo o seu setter[56] estraçalhado à sua vista, sacou de um revólver e com seis tiros matou a seis atacantes – outra manifestação de poder que calou fundo na consciência de Caninos.

O lobo gozava com aquilo. Dando vazão ao seu rancor contra a raça, não esquecia de conservar-se sempre a salvo. A

---

56 Setter: animal de origem inglesa usado como cão de caça.

princípio a matança dos cães dos deuses brancos constituía mera diversão. Depois tornou-se ocupação. Caninos estava em descanso, sem trabalho, pois o seu dono só cuidava de vender coisas e enriquecer-se. Em vista disso, passava o tempo vagueando pela margem do rio com o seu bando, à espera de barcos. Mal chegava um, a "festa" tinha começo. Operava-se o assalto, e assim que os homens brancos, colhidos de surpresa, tomavam providências, o bando se dissolvia. E a "festa" cessava até que novo barco chegasse.

Embora seguido por ela, Caninos de modo algum fazia parte da matilha. Não se misturava aos cães dos índios. Conservava-se arredio, sempre isolado e temido por todos. É verdade que nos assaltos operava com o bando. Atacava o recém-chegado, feria-o e deixava que a matilha lhe completasse a obra. Mas batia em retirada a tempo, de modo que o castigo recaísse nos outros.

Não lhe era difícil provocar lutas. Bastava, na chegada de um navio, mostrar-se na praia e os cães recém-chegados arrojavam-se contra ele. Caninos era para eles o Wild – o desconhecido, o terrível, o sempre-ameaçador, a coisa temerosa que se alapava nas trevas. Em que trevas? Nas que outrora envolviam as fogueiras, quando, em grupo junto ao fogo, eles remodelavam seus instintos, aprendendo a fugir e temer o Wild de que procediam e que haviam desertado. No correr de gerações e mais gerações este medo do Wild fora-se estampando em suas naturezas. Por séculos o Wild lhes pareceu o símbolo do terror e da destruição. E durante todo esse tempo tiveram licença absoluta de seus senhores para matar as coisas vivas do Wild. Assim fazendo, protegiam a si próprios e aos deuses cuja vida compartilhavam.

E desse modo, recém-chegados do caricioso mundo do sul, esses cães, mal saltavam à praia do Yukon e davam com

Caninos, viam-se empolgados pelo irresistível impulso de arrojar-se contra ele para o destruir. Embora nascidos e criados em cidades, tinham ainda vívido no instinto o medo do Wild. Não viam o lobo diante de seus olhos apenas com os olhos do momento. Viam-no ainda com os olhos dos antepassados; a memória herdada os fazia recordarem-se do velho inimigo.

Tudo isto deleitava Caninos. Se o seu aspecto fazia com que os cães se lançassem contra ele, pior para os cães. Os cães o consideravam como presa legítima, e como presa legítima ele considerava os cães.

Não fora sem consequências que Caninos vira pela primeira vez a luz do mundo numa caverna remota e que lutara a sua primeira luta com a ptármiga, com a doninha e com a mãe-lince. Não fora sem consequências que a sua meninice se amargurou pela atroz perseguição de Lip-lip e da matilha nova. Se as coisas houvessem ocorrido de outra maneira, claro que ele não seria o que era.

Se Lip-lip não houvesse existido, sua infância teria corrido feliz entre os cães novos do primeiro acampamento, estando ele agora um cão como os outros, amigo, talvez, dos da sua raça.

Se Castor Branco fosse suscetível de alguma meiguice, teria talvez tocado no fundo da sua natureza e feito surgir toda a sorte de boas qualidades. Mas nada disso aconteceu. A argila do seu caráter foi moldada de modo a fazer dele o que ele era: displicente e arredio, desamoroso e feroz, inimigo mortal de todos da sua raça.

II
O deus louco

Poucos brancos viviam no Forte Yukon, mas esses estavam ali há muito tempo. Com orgulho denominavam-se de *sour-doughs* (massa azeda) e mostravam grande desdém para com todos os recém-chegados, ou *chechaquos*. Essa indiferença vinha de que estes preparavam o pão com levedo de lata, *baking-powder*[57], e aqueles, por falta de lêvedo, o faziam com massa azeda.

Os do forte não somente desdenhavam os *chechaquos*, como ainda gozavam de tudo quanto de ruim lhes acontecia, especialmente os tremendos pegas entre seus cães e a malta que Caninos chefiava. Logo que um navio ancorava, vinham os *sour-doughs* para a beira do rio assistir ao inevitável ataque e deleitar-se com o habilíssimo papel representado pelo lobo.

Um entre eles apreciava singularmente tal esporte. Vinha esse homem de carreira ao primeiro sinal de navio ao largo, e só quando a batalha chegava ao fim e a malta canina se dissolvia é que regressava ao forte, triste da pouca duração do espetáculo. Às vezes, quando um dos inermes cães sulinos era arremessado ao chão de patas para o ar, urrando de pânico sob os dentes da matilha, esse homem não podia conter-se, e pulava e gritava de alegria.

---

57 *Baking-powder*: expressão inglesa que significa "fermento em pó".

Os do forte apelidavam-no Beauty (beleza). Ninguém sabia o seu verdadeiro nome e acabaram batizando-o de Beauty Smith. Tal apelido formava perfeita antítese com a pessoa. Nada tinha ele de belo; era, ao contrário, terrivelmente feio. A natureza fora madrasta com ele. Para começar, pequenininho, e sobre o corpo raquítico, uma cabeça de proporções extremamente reduzidas. Parecia um ponto no ar e, de fato, na meninice, antes de receber o apelido de Beauty, conheciam-no como Cabeça de alfinete.

Por detrás, essa cabeça descia em linha reta com o pescoço e pela frente o crânio descambava numa rampa até a testa notavelmente estreita. Aí, como que arrependida da sua parcimônia, a natureza desmandava-se em excessos, dando-lhe olhos enormes e muito afastados. Sua cara, em relação ao resto do corpo, era um prodígio. Com o propósito de abrir espaço, a natureza o dotara de uma enorme queixada projetada para a frente, larga e maciça, que talvez parecesse tão grande devido à exiguidade do pescoço, fraco demais para suportar tamanha carga.

Aquela queixaria lhe dava aparência de feroz determinação, mas não passava de mentira pura. Beauty Smith já viera para ali com fama de homem fraco e singularmente covarde. Para completar o seu retrato, basta dizer que tinha os dentes grandes e amarelos, que se mostravam entre os lábios finos como presas de fera. Também tinha os olhos amarelos e sujos, como se a natureza ao fazê-lo não encontrasse bons pigmentos à mão e empregasse resíduos. O mesmo acontecia com os cabelos. De crescimento irregular e do mesmo amarelo sujo de resíduo, erguiam-se no alto da cabeça e caíam sobre a testa em tufos e mechas desordenadas.

Para resumir, Beauty não passava de um verdadeiro monstro, do que aliás não era responsável. A argila de que era feito não fora modelada por suas mãos. Beauty ocupava-se da cozinha do forte, da lavagem de pratos e demais serviços desagradáveis. Seus companheiros não o desprezavam, antes o aceitavam com largueza de vista, como quem raciocina e aceita todas as criaturas maltratadas pelo destino. E também tinham receio dele. Sua extrema covardia levava-os a temer um tiro pelas costas ou veneno no café. Mas era preciso que alguém cozinhasse e apesar das suas deficiências, Beauty sabia cozinhar.

Eis o homem que se regalava com a ferocidade de Caninos Brancos e o olhava com olhos cobiçosos, ardendo por ser o dono de tal fera. Começou a executar seu plano abrindo-se em propostas para o lobo. Caninos fingiu não dar por isso. Depois, como essas propostas se tornassem insistentes, Caninos o ameaçou com a dentuça arreganhada. Não gostava daquele homem. Não recebia dele boa impressão. Sentia a sua maldade e receava insídia naquela mão que se estendia para ele amigavelmente e naquelas palavras amáveis que ele lhe dirigia. Caninos passou a detestá-lo.

Nas criaturas simples, o bem e o mal são coisas compreendidas simplisticamente. Bem é tudo quanto dá prazer ou suprime a dor, por isso gostam do bem. O mal é tudo quanto traz desprazer, e ameaça e fere, e por isso detestam o mal. Caninos sentia que Beauty Smith era o mal. Do desengonçado corpo desse homem e do seu cérebro mau erguiam-se, como vapores deletérios de um pântano, emanações do podre interno. Não pelo raciocínio ou por meio dos cinco sentidos mas sim por sugestão de outros vagos sentidos, que desconhecemos, viera a Caninos Brancos a certeza de que Beauty era um poço de maldade e perigosíssimo. Odiou-o, em consequência disso.

Caninos estava na barraca de Castor Pardo quando Beauty Smith veio um dia visitá-lo pela primeira vez. Ao rumor distante dos seus passos, antes ainda que seu vulto aparecesse no caminho, já o lobo o pressentiu e começou a arrepiar-se. Estava àquela hora deitado e feliz, mas ao pressenti-lo, ergueu-se de salto, e ao vê-lo chegar esgueirou-se à moda dos lobos para o extremo do campo. Não pôde entender o que Beauty dizia ao índio, mas viu que conversavam a seu respeito. Em dado momento, o homem apontou para o seu lado, o que o fez rosnar e fugir para mais longe, como se a mão que apontava estivesse prestes a cair sobre ele. O homem riu-se disso.

Castor Pardo recusou a proposta de compra do lobo. Estava já com muito dinheiro ganho e não se sentia tentado por mais um pouco. Além disso, Caninos era um animal de muito valor, o melhor trenoísta que jamais vira, além de ótimo chefe de grupo. Pelas regiões do Mackenzie e do Yukon nenhum cão podia emparelhar-se com ele. Lutava maravilhosamente. Matava cães como um homem mata mosquitos (ao ouvir isto Beauty Smith acendeu o olho e passou a língua pelos lábios finos). Não. Caninos Brancos não seria vendido por preço nenhum.

Mas Beauty conhecia o caráter dos índios. Passou a visitar com frequência a barraca de Castor, trazendo sempre sob o casaco uma garrafa. Uma das virtudes do uísque é dar sede. Castor Pardo principiou a ter sede. O estômago incendido[58] pelo uísque começou a pedir por mais e mais daquele fogo líquido, e seu cérebro, transtornado pelo terrível excitante, arrastava-o a tudo para conseguir mais bebida. O dinheiro recebido em troca das peles começou a fugir do seu bolso. Evaporava-se cada vez mais depressa, e quanto mais lhe emagrecia a bolsa mais se rebaixava o seu caráter. Afinal, dinheiro, bens e caráter foram-se. Nada lhe ficou, fora aquela sede sem fim, que se tornava mais imperiosa à medida que escasseavam os meios de atendê-la. Foi então que Beauty voltou à carga com a sua proposta de compra do lobo. Desta vez o preço oferecido era em garrafas, não em dólares, e Castor Pardo deu-lhe mais atenção.

– O cão é seu, se você puder deitar-lhe as unhas – disse afinal o índio.

---

58 Incendido: ardente, inflamado.

As garrafas de uísque foram entregues, mas dias depois Beauty voltava propondo que o índio pegasse o cão.

Caninos Brancos voltou para a barraca essa noite e por ali deitou-se com um suspiro de alívio. O temido deus branco estava ausente. Durante dias o lobo notara a insistência da sua mão em agarrá-lo e teve, todo esse tempo, de manter-se longe. Caninos ignorava que espécie de mal o ameaçava naquelas mãos. Sabia apenas que nelas havia o Mal, e em consequência não se punha ao seu alcance.

Mas naquela noite, logo que entrou e deitou-se, o índio veio passar-lhe uma correia em torno ao pescoço. Em seguida sentou-se ao seu lado, com a ponta da correia na mão; na outra sustinha uma garrafa que de quando em quando levava à boca. Seguia-se um grugulejo.

Ao final de uma hora, soaram passos de alguém aproximando-se. Caninos eriçou-se e olhou para o índio, que cabeceava estuporadamente; ergueu-se e experimentou puxar a correia das suas mãos, mas os dedos que a prendiam imediatamente se crisparam, e Castor Pardo acordou.

Beauty Smith apareceu à porta e deteve-se diante do lobo, que rosnou, já em guarda, e ficou atento observando as mãos do inimigo. Uma dessas mãos espichou-se no ar e começou a descer sobre sua cabeça. O rosnido de Caninos subiu de tom, tenso e feroz. A mão continuou a descer e o lobo agachou-se, com os olhos fuzilantes e os rosnidos cada vez mais curtos, como se um momento supremo estivesse prestes a ocorrer. Súbito, Caninos atacou, num bote de víbora. A mão fugiu e seus dentes pegaram o ar apenas. Beauty Smith encheu-se de cólera, enquanto Castor Pardo dava uma terrível pancada na cabeça do lobo, fazendo-o colar-se à terra em respeitosa obediência.

Os olhos suspeitosos de Caninos seguiam todos os movimentos dos dois deuses. Viram Beauty ir a um canto e apanhar um pau reforçado. Ao voltar, o índio entregou-lhe a ponta da correia. A correia esticou-se. Beauty o puxava, mas Caninos resistiu. O índio deu-lhe então fortes pancadas, como indicando que se erguesse e seguisse aquele homem. Caninos obedeceu, mas de arranco e projetando-se sobre o deus perigoso que tentava arrastá-lo dali. Beauty Smith não fugiu com o corpo. Esperou-o firme e com uma violenta pancada o deteve a meio caminho, achatando-o no chão. Castor Pardo riu aprovativamente. Beauty de novo estirou a correia e então Caninos, vencido, o seguiu de rojo[59], humildemente.

Não repetiu o assalto. A pancada recebida foi o bastante para convencê-lo de que o deus branco sabia manejar a arma e era inútil qualquer resistência. Seguiu portanto ao novo senhor, com a cauda entre as pernas, rosnando baixinho. Mas Beauty o vigiava, com o pau sempre pronto para desferir um segundo golpe.

No forte, Beauty o pôs em lugar seguro e foi dormir. Caninos deixou passar algumas horas; depois, em poucos segundos cortou com os dentes a correia que o prendia. Cortou-a em diagonal, tão habilmente como se usasse faca. Feito isto fugiu do forte e, todo arrepiado e a rosnar, dirigiu-se para a barraca do índio. Ele não se dera voluntariamente àquele deus branco e sim a Castor Pardo, pois se considerava ainda escravo de Castor Pardo.

Ali chegando, repetiu-se o que já havia acontecido, com uma diferença. Castor amarrou-o de novo e pela manhã foi ele próprio levá-lo a Beauty. Lá a diferença acentuou-se. Beauty afrontou-o com tremenda pancadaria, depois de atá-lo de modo que não pudesse fugir aos golpes por maior que fosse a sua raiva. Pau e chicote dançaram sobre seu corpo, no pior castigo de toda a sua vida.

Beauty Smith apreciou o caso. Aquilo era uma delícia. O monstro arregalava para a vítima os olhos flamejantes cada vez que o

---

59 De rojo: de rastros; arrastando-se no chão.

chicote ou o pau lhe alcançava o corpo e o fazia ganir de dor e raiva impotente. Porque Beauty Smith era cruel à maneira dos covardes. Eternamente pisoteado pelos homens, vingava-se agora num ser mais fraco. Todas as criaturas ansiam por obter o poder e Beauty não constituía exceção. Impossibilitado de exercer qualquer violência contra os da sua espécie, vingava-se nos que tinha abaixo de si. Não lhe cabia aliás culpa disso. Viera ao mundo malfeito de corpo e alma. Sua argila fora moldada num molde ruim.

Caninos sabia a razão pela qual apanhava. Quando Castor Pardo lhe correu o laço em torno do pescoço e passou a ponta às mãos de Beauty, compreendeu muito bem que o seu deus o estava entregando à guarda do outro. E quando Beauty Smith o amarrou na esplanada do forte, compreendeu muito bem que devia deixar-se ficar ali submisso. Havia pois desobedecido à vontade de dois deuses e recebia a punição consequente. No passado, assistira a várias mudanças de dono, de cães que passavam dum índio para outro, e também presenciara os tremendos castigos que desabavam sobre os rebeldes. Caninos era avisado e sabido, mas apesar disso sentia em si forças mais fortes do que a sabedoria adquirida pela experiência pessoal. Uma destas forças era a fidelidade. Não amava Castor Pardo; entretanto, mesmo contra a vontade do índio, conservava-se fiel a ele. Não podia fugir a isso. Fidelidade era como uma propriedade da argila de que fora feito, propriedade que torna os lobos e os cães criaturas inteiramente diversas das outras.

Depois do tremendo castigo, Caninos foi arrastado para os fundos do forte e lá amarrado a um mourão[60] à moda dos índios – por meio de um tirante de madeira rija. Ninguém abandona um deus

---

60 Mourão: esteio grosso, fincado firme no solo, e ao qual se amarram animais.

facilmente. Caninos ainda resistia. Castor Pardo era o seu deus particular, especial, só dele, e continuava a sê-lo apesar do sucedido. Caninos insistia em continuar pertencendo a ele. O índio o traíra e o abandonara, mas Caninos não o trairia. Laços de aliança não se quebram com tanta facilidade.

Assim, durante a noite, quando os homens do forte estavam em pleno sono, Caninos aplicou os dentes no tirante que o prendia. A madeira era forte e muito seca, além do que seus dentes mal podiam alcançá-la. Unicamente por força de uma paciência infinita, exercida durante horas, conseguiu destruir o entrave. Fizera obra de que ninguém nunca supôs um cão capaz. Não havia precedentes. Mas Caninos a realizou e de novo escapou do forte.

Era avisado. Mas se fosse apenas isso não teria voltado à barraca de um senhor que por duas vezes o traíra. A fidelidade venceu o conselho da prudência, e para lá retornou para ser traído pela terceira vez. Foi de novo amarrado a uma correia, a um bastão e de novo caiu nas unhas de Beauty Smith. E sofreu novo castigo, ainda mais feroz que o primeiro.

Castor Pardo ficou para ver o homem branco manejar o chicote. Não teve para com o escravo submisso um gesto de proteção. Não o considerava mais como seu. Caninos sentiu-se mal com o castigo excessivo. Um cão qualquer do sul teria sucumbido, ele escapou. Sua escola da vida fora feroz, severíssima, e criara-lhe uma resistência tremenda. Tinha em si vitalidade em excesso. As gavinhas que o ligavam à vida eram fortes. Mas mesmo assim sentiu-se muito mal. A princípio nem arrastar-se conseguia, e Beauty Smith teve de esperar que suas forças voltassem. Depois, cego e cambaleante, pôs-se a seguir o novo dono, rente aos seus calcanhares.

Vivia agora ligado a uma corrente de ferro que desafiava o corte das suas presas. Inutilmente lutou para arrancar a argola que a fixava ao mourão. Após alguns dias, sóbrio de novo e aliviado de tudo quanto possuía, Castor Pardo partiu pelo Porcupine acima, rumo ao Mackenzie. Caninos ficou só no Yukon, transformado em propriedade de um monstro semilouco. Mas que pode saber um lobo da loucura humana? Para Caninos, Beauty Smith não passava de um verdadeiro, embora terrível, deus. Um deus louco, e conquanto nada conhecesse de loucura, sabia que tinha de submeter-se à vontade do novo senhor e obedecê-lo em todas as suas fantasias.

III

O reino do ódio

Sob a tutela do deus louco, Caninos Brancos tornou-se um verdadeiro demônio. Era conservado na corrente, num cercado atrás do forte, onde Beauty Smith o atormentava com toda a sorte de perversidades. Cedo descobriu sua extrema suscetibilidade ao riso humano e fez-se sistemático em coroar todos os seus tormentos com gargalhadas sem fim. Ria-se de cair, com o dedo apontado para Caninos, o que fazia o lobo espumejar em acessos de loucura ainda piores que os do deus branco.

No começo ele era apenas o inimigo da sua raça, e ferocíssimo inimigo. Agora fizera-se inimigo de todas as coisas, e inimigo implacável. A tal extensão foi levado o seu tormento, que dentro dele não houve mais lugar para coisa alguma, exceto ódio. Odiava a corrente que o prendia, os homens que o espiavam pelas frestas da cerca, os cães que acompanhavam esses homens e contra ele rosnavam de longe. Odiava até a madeira do cercado e, acima de tudo, odiava sem limites Beauty Smith.

Mas Beauty Smith tinha um propósito em tudo quanto fazia para o lobo. Certa vez em que um grupo de homens foi até a cerca, Beauty entrou, de pau na mão, e tirou Caninos da corrente. Feito isso, saiu. Vendo-se solto, Caninos rodeou a prisão, procurando morder os homens que o espiavam de fora. Mostrava-se magnificamente terrível. Medindo um metro e cinquenta de comprimento e com setenta e seis centímetros de altura, excedia bastante ao comum dos lobos. De sua mãe herdara as proporções mais pesadas dos cães, de modo que na balança pesaria, magro, mais de quarenta quilos. Era todo músculos e nervos, carne de luta nas melhores condições.

A porta do cercado entreabriu-se de novo. Caninos deteve-se, sentindo que algo extraordinário ia acontecer. Esperou. A porta abriu-se ainda mais e um grande cão foi arremessado dentro. Caninos jamais vira cão daquela raça (mastim[61]), mas o tamanho avantajado e o aspecto feroz do visitante em nada o intimidaram. Estava ali algo de carne onde poderia dar vazão ao ódio represado, e Caninos projetou-se contra o mastim, qual um raio, ferindo-o fundo nas espáduas. O mastim sacudiu a cabeça, grunhiu feroz e revidou. Mas Caninos ora estava aqui, ora ali, sempre evasivo e sempre dando botes certeiros sem deixar-se apanhar.

Os homens gritavam e aplaudiam, enquanto Beauty Smith, num êxtase, arregalava os olhos para as proezas do lobo. Não havia salvação possível para o mastim. Muito pesado e lento. Por fim, Beauty fez Caninos recuar a pau, para que o mastim fosse arrastado para fora e entregue ao dono. Houve pagamento de apostas e a mão de Beauty encheu-se de dinheiro.

Caninos esperava agora ansiosamente o aparecimento de homens. A reunião deles ali significava luta, o único meio que tinha para expressar a vida que latejava dentro de si. Atormentado, excitado e incitado ao ódio, era mantido na corrente para que não pudesse dar expansão ao seu ódio, salvo quando Beauty o queria. Certa vez, três cães foram lançados contra ele sucessivamente. Outra vez, fizeram-no bater-se com um lobo recém-apanhado na floresta.

---

[61] Mastim: é o cão mais antigo da Europa. Os romanos o utilizavam para os combates nos circos, onde eram famosos por despedaçar os oponentes.

Depois meteram no cercado dois cães ao mesmo tempo. Foi a sua batalha mais dura, e embora acabasse matando os dois contendores, quase perdeu a vida nessa luta desigual.

Na chegada do outono, logo que as primeiras neves começaram a cair, Beauty comprou passagem para si e Caninos em um navio com rumo para Dawson. Caninos fizera fama no Yukon como o "Lobo Lutador" e a sua gaiola a bordo vivia rodeada de curiosos para os quais rosnava, ou fitava cheio de ódio reprimido. Por que os odiaria? Nunca tinha proposto a si próprio esta pergunta. Só sabia odiar, naquela vida de inferno que levava. Não fora feito para a vida de confinamento a que muitas feras se submetem quando caem nas unhas dos homens, no entanto era tratado assim. Os homens olhavam-no curiosos, cutucavam-no com varas para fazê-lo rosnar, e depois riam-se.

Esses homens formavam agora o meio envolvente que estava modelando a argila de que era feito em molde de mais ódio do que o fizera a natureza. Esta lhe dera extrema plasticidade. Em situação que seria mortal a qualquer outra criatura, Caninos adaptava-se à custa do seu espírito. Possivelmente Beauty Smith, um arquidemônio atormentador, conseguiria quebrar o espírito de Caninos, mas até então nada conseguira. Se Beauty Smith tinha um diabo na alma, Caninos tinha outro – e esses dois diabos duelavam incessantemente. Dias antes, na luta, Caninos tivera a prudência de submeter-se a um homem de pau na mão; essa prudência, porém, logo o abandonou. A simples visão de Beauty bastava para lançá-lo em tremendas crises de fúria. E se havia choque e ele era surrado de pau, continuava a rosnar e a arreganhar ferozmente a dentuça. Impossível fazê-lo emudecer. O último rosnido jamais sobrevinha. Por mais que levasse pancadas, Caninos rosnava, e quando Beauty, exausto, deixava a arena, era seguido do mesmo rosnar feroz e de furiosos arremessos.

Logo que o navio chegou a Dawson, Beauty desceu em terra, mas Caninos ficou a bordo, sempre rodeado de curiosos. Era exibido como o "Lobo Lutador", pagando os homens cinquenta centavos de ouro em pó para vê-lo. E não tinha sossego. Se dormia, era acordado a cutucadas para que a audiência se deleitasse com o seu furor; e para que a exibição atraísse fregueses era conservado em fúria a maior parte do tempo. Pior que tudo, entretanto, a atmosfera em que vivia, olhado como a mais feroz de todas as feras, com cada palavra, cada gesto dos homens refletindo sobre ele a sua própria ferocidade. Era um constante lançar carvão à fogueira para perpétuo estímulo do seu ódio.

Além de exibir-se, tinha de lutar. De quando em quando arranjavam-lhe um contendor, e ele era levado da jaula para o picadeiro, em plena floresta, a alguns quilômetros da cidade. Isso ocorria usualmente durante a noite, de modo a evitar a interferência da polícia montada do território. Depois de alguma espera, quando o dia vinha nascendo, a assistência e o contendor apareciam. Terra selvagem, com homens selvagens e lutas sempre de morte.

Se Caninos continuava a lutar, era óbvio que os cães, seus contendores, morriam. Jamais conheceu a derrota. Seu longo treino, começado com Lip-lip e toda a matilha nova, mantinha-o invencível. Cão nenhum conseguia fazê-lo perder o equilíbrio e cair por terra. É o que todo lobo ou cão procura fazer nos embates: arrojar-se de ímpeto, de frente ou de lado, de modo a se chocar contra o rival e fazê-lo cair no chão. Mastins do Mackenzie, cães esquimós[62] ou da região do Labrador[63], huskies e malamutes – todos

---

62 Cão esquimó: animal originário da Sibéria oriental, que no século XIX foi introduzido no Alasca; é muito apreciado no trabalho de puxar trenós e na caça ao urso branco, que enfrenta com rara coragem. Um cão esquimó consegue levar uma carga pesando o dobro do seu peso por quarenta quilômetros. O cão esquimó não late, mas uiva como o lobo.
63 Labrador: região da península do mesmo nome, no Canadá.

experimentaram contra Caninos essas táticas e todos falharam. Jamais Caninos perdeu o equilíbrio.

Havia também a sua rapidez de raio, que lhe dava tremenda vantagem sobre os antagonistas. Por mais viajados que fossem os homens, nenhum tinha visto ainda lobo ou cão de tal rapidez de movimentos. Nem de tal ímpeto no ataque. Mas a maior de todas as suas vantagens residia na experiência. Conhecia mais de luta do que todos os cães que o enfrentavam, somados. Havia lutado mais lutas, sabia mais trapaças, era mais metódico – e tão perfeito na arte de lutar que dificilmente poderia melhorá-la.

Com o correr do tempo, foram escasseando os contendores. Os homens desesperavam-se para encontrar um cão que o vencesse e Beauty se via forçado a recorrer a lobos. Lobos selvagens eram apanhados em armadilhas pelos índios com o único propósito de serem lançados à jaula de Caninos. Isso atraía sempre uma multidão de espectadores.

Certa vez um lince foi posto em sua jaula e então Caninos teve de defender a vida. Em agilidade eram iguais, e também em ferocidade, mas o lobo lutava com os dentes apenas e o lince, com os dentes e as garras.

Depois desse combate com o lince, a estação de lutas cessou. Não havia contendor que pudesse enfrentá-lo – ou pelo menos que fosse considerado capaz de enfrentá-lo. E ficou restrito à exibição até a chegada da primavera, época em que apareceu por lá um certo Tim Keenan, jogador e dono do primeiro buldogue que havia surgido no Klondike. Um encontro entre o buldogue e Caninos tornara-se inevitável e já uma semana antes não se conversava sobre outro assunto.

IV

A morte dependurada

Beauty Smith tirou-lhe a corrente do pescoço e afastou-se. Caninos não agrediu de pronto; permaneceu imóvel, de orelhas esticadas para a frente, alerta e curioso do estranho animal que via pela primeira vez. Tim Keenan estumou[64] o buldogue com um "Pega!" e o cão dirigiu-se para o meio da arena, atarracado e desajeitado. Deteve-se de súbito e olhou para o lobo com os olhos apertados.

Romperam gritos na assistência: "Pega, Cherokee! Agarre-o!"

Mas Cherokee não parecia ansioso pelo encontro. Voltava a cabeça e como que piscava para a assistência: movendo com bom humor seu toco de cauda. Não estava com medo, não; apenas com preguiça. Além disso, não lhe parecia que devesse lutar com a criatura que tinha diante de si. Não a conhecia e estava, talvez, com esperança de que fizessem chegar ali um cão de verdade.

Tim Keenan entrou na arena e inclinou-se para o buldogue, coçando-lhe os ombros para excitá-lo. Arrepiava-lhe o pelo às avessas, o que acabou irritando Cherokee e o fez roncar no fundo da garganta. Havia um ritmo entre as coçadelas e os roncos, que cresciam à medida que a mão, terminando uma, começava outra.

---

64 Estumar: instigar, açular.

Isto causou seu efeito sobre Caninos Brancos, cujo pelo começou a eriçar-se sobre o pescoço e ombros. Tim Keenan deu no buldogue uma coçadela final mais forte e empurrou-o contra Caninos. Findo o impulso, Cherokee prosseguiu para a frente de vontade própria, numa corridinha rápida, de pernas em arco.

Nesse momento Caninos atacou. Um grito de admiração estrugiu. O lobo havia coberto a distância que o separava do buldogue com rapidez mais de gato do que de lobo, e com a mesma rapidez felina havia lanhado com as presas o inimigo e saltado para trás, em guarda.

Cherokee começou a sangrar no pescoço espesso, mas não deu outro sinal do golpe que recebera, continuando a caminhar na direção de Caninos. A mestria dos lutadores – rapidez de um lado, firmeza de outro – excitou o espírito partidário da assistência, que se dividiu em dois grupos com apostas fortes. Caninos novamente atacou e feriu fundo; e outra vez; mas o seu estranho contendor prosseguiu na perseguição, sem pressa, determinadamente, deliberadante, como quem executa um plano assentado. Havia propósito em seu método – alguma coisa a fazer da qual nada podia arredá-lo.

Em sua atitude geral, em todos os seus movimentos estampava-se aquele propósito, e isso espantou Caninos, que jamais vira inimigo assim. Não era peludo e, portanto, não tinha a proteção do pelo. Além disso, lerdo, de carne mole e sangue fácil. Não encontrava Caninos nenhum chumaço e pelagem comprida para embaraçar seus dentes, como acontecera tantas vezes. Cada vez que o atingia com as presas elas se cravavam funda e facilmente na carne balofa, sem que o animal pudesse defender-se. Outra coisa desconcertante era o seu silêncio; nada da barulheira a que estava acostumado na luta com o comum dos cães. Afora alguns roncos cavos, aquele inimigo aceitava em silêncio os golpes, mas não cessava de persegui-lo.

Não que Cherokee fosse lento em excesso. Podia voltar-se com relativa rapidez, e até atirar botes, mas Caninos nunca se deixava em situação de levar botes. Isso espantava Cherokee, que jamais se defrontara com um cão do qual não pudesse aproximar-se. Em regra a ânsia de aproximar-se do inimigo é recíproca. Ali, não. Aquele inimigo conservava-se sempre a distância, dançando na sua frente, esquivando-se para a esquerda, para a direita, para trás. E quando conseguia ferrar-lhe os dentes, largava-o imediatamente, projetando-se de novo para trás.

Mas Caninos não conseguia dar a sua dentada fatal de garganta. Muito curto de pescoço, o buldogue, e, além disso, com enormes maxilas a esconderem-no protetoramente. Caninos atacava sem tréguas. Golpeava e recuava, intangível, aumentando o número de feridas de Cherokee. O buldogue já tinha ambos os lados do pescoço e a cabeça bastante maltratados, e sangrava copiosamente, mas sem dar mostra nenhuma de desnorteamento. Continuava a perseguir o lobo, embora em certo momento parasse e olhasse para os espectadores com os olhos apertados, ao mesmo tempo que movia o toco de cauda como denunciando satisfação.

Nesse instante Caninos atacou, arrancando-lhe um resto de orelha. Com uma leve manifestação de cólera, Cherokee reiniciou a sua perseguição, seguindo agora por dentro do círculo que Caninos descrevia e procurando apressar o golpe que tinha em mente. Deu um bote. Errou por um fio de cabelo, fazendo com que os homens rompessem em gritos de aplauso à bela defesa de Caninos.

O tempo ia se passando. Caninos continuava dançando na arena, negaceando e driblando, atacando e fugindo, sempre certeiro em seus ataques. O buldogue, entretanto, não desistia de persegui-lo em círculo. Mais cedo ou mais tarde havia de apanhá-lo, dando-lhe o golpe que decidiria o combate. Entretanto, ia aceitando todo o castigo que o outro desfechava contra ele.

De vez em quando tentava deitá-lo por terra com suas terríveis marradas[65], mas a diferença de estatura inutilizava essas tentativas. Cherokee era muito chato, muito esparramado rente ao chão. Não caía. Caninos experimentou várias táticas. Numa delas, vendo Cherokee com o ombro exposto do seu lado, atacou com tamanho ímpeto que o impulso o fez passar além do alvo. Caninos foi cair do outro lado do buldogue – e pela primeira vez em toda a sua vida de luta os homens viram o lobo perder o equilíbrio.

Quando ainda no ar, retorceu o corpo, à moda felina, para cair sobre as quatro patas, e assim aconteceu, mas ao pôr pé em terra, Cherokee o pegou pela garganta.

Não foi um bote perfeito, pois agarrara muito baixo, perto do peito, mas o lobo estava seguro. Caninos estirou as pernas e arrojou-se para longe, procurando sacudir de si o corpo do buldogue. Enlouquecia-o aquilo de arrastar semelhante peso. A carga embaraçava-lhe os movimentos, quebrava-lhe a agilidade. Era como se estivesse preso a uma armadilha de dentes de ferro, que fizesse todos os seus instintos se revoltarem em tumulto. Caninos enlouquecia. Por vários minutos agiu como só um louco age. O instinto supremo da vida, nele borbulhante, atuava sozinho. O desespero de viver... O desespero da carne que quer viver... Toda a sua inteligência apagara-se. Agia como se lhe houvessem feito ablação[66] do cérebro. Sua razão desaparecera aos gritos da carne que queria sobreviver e mover-se – mover-se a todo custo, mover-se porque o movimento era a expressão suprema da sua existência.

O lobo andava em círculo, girando em todos os sentidos, no desespero de arredar de si o peso vivo de vinte e três quilos que se agregara à sua garganta. O buldogue não fazia mais nada fora

---

65 Marrada: pancada com a cabeça (do animal).
66 Ablação: remoção de uma estrutura orgânica, principalmente cortando.

aquilo: manter-se agarrado. Algumas vezes, raras, procurava firmar as patas no chão, ou como que abraçar-se ao inimigo. Mas logo perdia o passo e era de novo arrastado no redemoinho das loucuras do lobo. Cherokee identificara-se com o seu instinto. Sabia que estava fazendo o que tinha de fazer: manter-se agarrado, não largar nunca, e isso dava-lhe todos os frêmitos[67] da satisfação. Chegava a fechar os olhos e deixar que seu corpo fosse arremessado em todas as direções, descuidado de tudo quanto pudesse lhe acontecer. Nada disso contava. Só uma coisa contava: não largar.

Caninos cessou o espinoteamento louco unicamente quando se sentiu exausto. Nada mais podia fazer, nem compreendia coisa nenhuma. Nunca, em suas incontáveis lutas, semelhante coisa sucedera. Nenhum cão ou lobo comportara-se com ele assim. Sua tática fora sempre a mesma: ataque, golpe e fuga; ataque, golpe e fuga. Ali falhara. Caninos deitou a parte traseira do corpo, ofegante. Cherokee, sempre agarrado, procurava derrubá-lo de todo. Caninos resistia, e sentiu que as maxilas do buldogue afrouxavam de pressão a fim de firmar-se melhor; afrouxavam e caminhavam num movimento de mastigação, rumo a um ponto melhor da garganta. Cada mastigadela levava suas maxilas um pouco para adiante. Era o método dos buldogues: não largar o que agarravam, e, sem largar, ir mudando de posição. Tal avanço tornava-se possível somente quando Caninos parava de agitar-se; fora daí o mais que Cherokee podia fazer era não largar.

O pescoço cheio do buldogue era a única parte do seu corpo que permitia botes dos dentes de Caninos, e ali ele agarrara. Mas não conhecia o sistema de caminhar mordendo e limitava-se a sacudir a cabeça em movimento de quem estraçalha, isso espasmodicamente. De tempos em tempos mudava de posição e em

---

67 Frêmito: tremor, estremecimento.

certo momento o buldogue conseguiu voltá-lo de costas e, sempre ferrado à sua garganta, ficar por cima. Qual um tigre, Caninos recurvou os quartos traseiros e com os pés escarvou o ventre do inimigo, e o buldogue seria estripado se a tempo não escapasse o corpo de um lado, mas sem largar a presa.

Não havia como fugir daquelas tenazes monstruosas, inexoráveis como o destino e que sem desapertar caminhavam pacientemente para a carótida. O que salvou o lobo foi a pele da papada e o pelo abundante que a recobria. Pele e pelo formaram na boca de Cherokee um bolo protetor da parte mais vital do pescoço. Mas pouco a pouco ela ia tragando mais dessa pele de papada e, por fim, fatalmente, alcançaria a carótida. A respiração do lobo já ia se tornando difícil.

A batalha parecia bem perto do fim. Os apostadores em Cherokee aplaudiam com grande entusiasmo e ofereciam dez por um; os partidários de Caninos, deprimidos, recusavam jogar com essa margem e até recusavam apostas de vinte por um, exceto Beauty Smith, que topou uma aposta de cinquenta por um. Depois de fechá-la, esse homem entrou na arena e, apontando com o dedo para o lobo, desferiu uma cruel gargalhada de escárnio. O efeito produzido foi fulminante. Caninos foi tomado por uma imensa raiva e chamando a si todas as suas reservas de força, de um safanão repôs-se sobre as quatro patas, voltando a arrastar em círculo a carga de vinte e três quilos que tinha pendurada à garganta. Mas a sua cólera passou logo para o pânico. O instinto básico da carne que quer sobreviver voltou a dominá-lo, e a inteligência apagou-se. E cegamente descreveu círculos correndo, tropeçando, caindo, erguendo-se sobre as pastas traseiras e suspendendo o seu inimigo no ar, em esforços desvairados para desvencilhar-se da morte dependurada à sua garganta.

Por fim caiu e revirou de costas, exausto, permitindo que o buldogue melhorasse imediatamente o bocanho, introduzindo mais pele de papada na boca e assim dificultando a respiração do inimigo mais do que nunca. Gritos de aplausos soaram, "Cherokee! Cherokee!", aos quais o buldogue respondeu com vigorosos movimentos do toco de cauda. Mas a gritaria não o distraiu. O movimento de satisfação da cauda em nada modificou a inexorável determinação da queixada maciça. Continuava ela qual monstruosa tenaz de aço como que soldada à garganta de Caninos.

Nesse momento um rumor próximo distraiu a assistência. Sons de cincerros[68]. Latidos de cães de trenó. Todos, salvo Beauty Smith, voltaram o rosto apreensivamente para ver do que se tratava, receosos da polícia. Dois homens num trenó aproximavam-se dali pela trilha de neve e ao perceberem o ajuntamento mudaram de rumo movidos pela curiosidade. O condutor usava bigode longo, mas o outro, barbeado, um moço esguio, tinha as faces coradas do muito que cortara a neve boiante.

Caninos praticamente cessara de lutar, embora ainda resistisse espasmodicamente e sem fim definido. Pouco ar podia receber em seus pulmões; as tenazes que lhe apertavam a garganta constrangiam-na mais e mais. A dentada do buldogue fora muito baixa, quase no peito, e até ali, para que a mudasse para a garganta, onde já estava, ele tivera de meter na boca muita pele da papada e pelo. Foi isso que salvou Caninos.

Entrementes, a monstruosa fera que havia dentro de Beauty Smith revelou-se mais uma vez. Ao notar que os olhos de Caninos principiavam a esmorecer, penetrou na arena e começou a forçá-lo com selvagens pontapés. Houve assobios na assistência, e gritos de protesto, mas foi só. Beauty continuou a maltratar Caninos até que um movimento agitou o grupo de

---

68 Cincerros: campainha grande que pende do pescoço do animal que serve de guia para os outros.

espectadores. O moço de cara rapada vinha varando a multidão à força de cotovelos e alcançou a arena no momento em que Beauty Smith tinha o pé no ar para mais um golpe. O monstro não teve tempo de desferi-lo. Caiu por terra com a valente bofetada que apanhou na cara.

– Covardes, vocês todos! – gritava o moço voltando-se para a plateia. – Monstros!

Era a personificação da cólera, da cólera santa. Seus olhos pardos lançavam chispas de aço contra aqueles brutos. Beauty Smith ergueu-se cambaleante e avançou chiando raiva, mas acovardado. O moço, que o desconhecia, não compreendeu a sua atitude. Julgou que avançava para revidar e embolou-o com um segundo murro no queixo. Beauty Smith, novamente caído, achou de bom conselho ficar na neve, como o lugar mais seguro contra um terceiro golpe, e não se ergueu.

– Venha, Matt – disse o moço ao condutor do trenó – venha ajudar-me.

O condutor foi e ambos inclinaram-se para os cães engalfinhados. Matt segurou Caninos para o puxar quando as maxilas do buldogue se abrissem e o moço pôs-se a esforçar-se por abri-las. Inútil. Aquela cabeça parecia não ter articulações. Mas, enquanto o moço tentava, prosseguia nos seus insultos à assistência:

– Brutos! Monstros!

A multidão começou a rosnar, furiosa, e alguns homens protestaram contra o intruso que lhes vinha estragar o divertimento. Calaram-se, entretanto, ao verem o desconhecido erguer-se e fitá-los com olhos terríveis.

– Bestas-feras! – explodiu o moço com sublime desprezo, e voltou a insistir na sua tentativa de abrir a queixada do buldogue.

– Inútil, assim – observou Matt. – Desse modo não vai.

O desconhecido largou de Cherokee e ficou olhando a cena por instantes.

— Não está sangrando muito — disse Matt com os olhos em Caninos. — Pode ainda salvar-se.

— Ou morrer de um momento para outro — contraveio Scott. — Veja! O buldogue acaba de subir a mordida um centímetro!

E caiu de pancadas na cabeça de Cherokee, sem nenhum efeito, entretanto. O buldogue não largava, e agitou o toco de rabo em sinal de que compreendia a significação daquelas pancadas mas que estava fazendo o que um buldogue está destinado a fazer: não largar.

— Não haverá por aí algum homem? Alguém que venha ajudar-nos? — gritou o moço para a multidão, com desespero.

Ninguém se apresentou; ao contrário, muitos riram-se dele sarcasticamente e lançaram-lhe piadas reles.

— Só com uma alavanca — observou Matt.

O moço lembrou-se do revólver. Sacou-o da cinta e procurou metê-lo por entre as maxilas cerradas do buldogue. Estavam os dois homens de joelhos, atentos ao serviço e o choque do cano de aço de encontro aos dentes da fera podia ser distintamente ouvido. Tim Keenan entrou na arena, e parando diante de Scott, bateu-lhe no ombro.

— Olha lá, moço, não vá quebrar os dentes do meu cachorro!

— Ou quebro-lhe os dentes ou tenho de quebrar-lhe o pescoço, escolha — respondeu Scott sem interromper sua tentativa de cravar o cano do revólver entre aquelas teimosas maxilas.

— Não quebre os dentes do meu buldogue, já disse! — repetiu o jogador ameaçadoramente.

Se estava blefando com aquele tom de ameaça, falhou, pois Scott não desistiu do que fazia, embora, erguendo a cabeça, perguntasse:

— É o seu cão?

E ao grunhido que sim do jogador:

— Nesse caso, faça-o abrir a boca.

Tim Keenan replicou em tom de gozação:

— Moço, eu não me meto a fazer o que não sei, como muitos.

Confesso que desconheço a chave que abre esse cadeado...

– Então suma-se daqui e não me aborreça – foi a resposta colérica de Scott.

Tim Keenan continuou onde estava, mas Scott fez de conta que ele não existia. Continuou a enfiar o cano de revólver entre as maxilas do buldogue até que a ponta aparecesse do outro lado. Conseguido isto, fez pressão de alavanca e conseguiu afrouxar as tenazes, de modo a permitir que Matt fosse aos poucos puxando de dentro a pele de Caninos.

– Prepare-se para receber seu cachorro – disse Scott de modo decidido para o dono de Cherokee.

O jogador acocorou-se obedientemente e segurou firme o buldogue.

– Puxe agora! – ordenou Scott, dando uma volta violenta ao cabo do revólver.

Os lutadores foram afinal separados, ficando Cherokee esperneando furioso nas mãos de Tim Keenan.

– Leve-o daqui! – ordenou-lhe Scott, e Tim Keenan saiu da arena levando o buldogue de arrasto.

Caninos fez várias tentativas para pôr-se de pé. Não conseguiu. Estava literalmente exausto e ficou deitado na neve, com os olhos semifechados e mortiços, a boca aberta, a língua pendente. Tinha o aspecto dum cão que acabava de morrer asfixiado. Matt examinou-o.

– Parece no fim, mas ainda respira – disse.

Beauty Smith, que havia se levantado, aproximou-se.

– Matt – perguntou Scott – quanto vale um bom cão de trenó? O condutor, ainda de joelhos, curvado sobre Caninos, calculou por um momento.

– Trezentos dólares – respondeu por fim.

– E quanto vale um cão mastigado como este? – perguntou de novo Scott, indicando Caninos com o pé.

– Metade – foi a resposta do condutor.

O moço voltou-se então para Beauty Smith.

– Está ouvindo, seu besta-fera? Vou levar este cão por cento e cinquenta dólares – e sacando do bolso a carteira começou a contar o dinheiro.

Beauty Smith cruzou as mãos atrás das costas, em gesto de recusa.

– Não está à venda – disse.

– Está sim, e a prova é que o estou comprando. Aqui está o dinheiro. O cão é meu.

Beauty Smith, ainda de mãos às costas, recuou um passo. Scott avançou para ele de soco erguido, fazendo-o fechar os olhos ao golpe iminente.

– Eu tenho direito ao cachorro – murmurou Beauty piscando.

– Perdeu esse direito – berrou o moço. – Quer o dinheiro ou quer outro murro na cara? Escolha.

– Está bem – conformou-se Smith, afinal. – Mas recebo o dinheiro sob protesto – acrescentou. – O cão é meu por lei. Não o roubei de ninguém. Tenho a lei comigo.

– Está certo – disse Scott entregando-lhe o dinheiro. – Mas a lei é para os homens e não para monstros como você.

– Quando eu for a Dawson ajustaremos contas – ameaçou Beauty Smith. – Havemos de ver com quem está a lei.

– Se você me aparece em Dawson e abre essa boca, eu o faço varrer da cidade, está ouvindo? Compreendeu bem?

Beauty Smith grunhiu qualquer coisa.

– Está entendendo? – trovejou o moço ferozmente.

– Sim, sim – resmungou Smith.

– Sim, o quê? – urrou Scott.

– Sim, senhor – rosnou Smith já apavorado.

– Olhe! – gritou uma voz. – Ele vai morder! – e um coro de risos ecoou.

Scott voltou as costas a Smith e foi ter com Matt, sempre às voltas com o lobo caído.

O grupo de homens começou a dispersar-se. Alguns iam-se. Outros afastavam-se formando grupos menores.

– Quem será esse tipo? – perguntavam-se.

– Weedon Scott – alguém respondeu.

– E quem é Weedon Scott? – indagou Tim Keenan.

– Oh, é dos mandões lá das minas, um *craka-jack*. Está por cima em tudo. Se você quer sossego, não se meta com ele, ouviu? Manda nos oficiais do governo. O Comissário das Minas é seu amigo íntimo.

– Bem me pareceu isso – foi a resposta do jogador, que por prudência não se metera no embrulho.

V
Indomável

– É impossível – confessou Weedon Scott, dirigindo-se ao condutor de trenó junto ao qual estava sentado na soleira da sua cabana, e ambos olharam com desânimo para Caninos Brancos. Preso à corrente, o lobo rosnava e arreganhava as presas, aos pulos, tentando arrancar-se à prisão para atacar os cachorros. Já haviam estes recebido várias lições de Matt, dadas a pau, e aprenderam a deixar Caninos em paz. Por isso se mantinham a distância, como despercebidos da presença do lobo ali.

– É um lobo impossível de ser domado – observou Scott.

– Não sei – objetou Matt. – Parece ter alguma coisa de cão. Mas uma coisa não me parece, pois dela tenho certeza...

Matt interrompeu-se, como avaro de dizer do que tinha certeza.

– Vamos. Nada de mistérios – disse Scott depois de esperar por uns instantes. – Diga logo o que é.

– Seja lobo ou cão, o caso é que se trata de um animal já amansado.

– Não!

– Sim, sim. E afeito a arreios. Olhe bem ali. Não vê aquelas marcas no peito?

– Você tem razão, Matt. Caninos já foi cão de trenó antes de cair nas unhas de Beauty.

– E não há motivo para que não seja cão de trenó outra vez.

– Que quer dizer com isso, Matt? – exclamou Scott ansioso, mas logo a esperança despertada por aquela sugestão esmoreceu, fazendo-o concluir: – Já está conosco há duas semanas e mostra-se cada vez mais feroz...

– Dê-lhe uma oportunidade – aconselhou o outro. – Solte-o, para fazermos uma experiência.

O moço olhou para Matt com ar incrédulo.

– Sim – continuou o outro. – Você já tentou soltá-lo, mas ia desarmado. Procure aproximar-se com um pau na mão.

– Experimente-o você então, Matt.

O condutor tomou um porrete e dirigiu-se para o lobo acorrentado, o qual olhou para o pau como um leão na jaula olha para o ferro em brasa do seu domador.

– Veja como fixa os olhos no porrete – disse Matt. – É um bom sinal. Este lobo não é nada tolo...

Ao ver a mão daquele homem aproximar-se do seu pescoço, Caninos arrepiou-se e roncou, agachando-se. Mas ao mesmo tempo que acompanhava a mão que sobre si vinha descendo, punha tento no porrete que a outra mão sustinha erguido no ar ameaçadoramente. Matt destacou da coleira a corrente e fugiu para trás.

Caninos ficou atônito. Não podia compreender que estivesse livre. Passara meses nas unhas de Beauty Smith e durante todo esse tempo não tivera um momento de liberdade, a não ser os que passava lutando. Logo que a luta findava metiam-no na corrente de novo.

Caninos ficou sem saber o que pensar. Provavelmente alguma nova perversidade dos deuses estava prestes a desabar sobre ele, e portanto tratou de afastar-se cautelosamente, preparado para o que sobreviesse. Mas não sabia o que fazer, tão imprevista e inesperada fora aquela soltura. Tomou a precaução de afastar-se dos dois deuses e dirigiu-se para um canto do terreiro. Nada lhe aconteceu. Ficou perplexo e regressou para o ponto de onde partira, fazendo uma parada no meio do caminho para olhar atentamente os dois homens.

– Não fugirá? – disse Scott.

Matt jogou os ombros.

— Experimentemos. O único meio de saber certas coisas é experimentar.

— Pobre lobo! — exclamou Scott apiedado. — O que precisa é de alguma demonstração de bondade — e entrou para a cabana para buscar um pedaço de carne. Jogou-a aos pés de Caninos, que saltou paras trás e olhou para a carne desconfiado.

— Passa fora, Major! — gritou Matt, mas já era tarde. Um dos seus cães havia se arrojado à carne e estava agora embolado pelo lobo. Matt acudiu para separá-los. Major já se pusera de pé, mas da sua garganta fluía sangue sobre a neve.

— Mau, isso, mas lhe servirá de lição — gritou Scott. Instintivamente o pé de Matt se erguera para castigar Caninos, que o mordeu num relance e saltou para longe, em guarda. Matt abaixou-se para examinar a mordedura.

— Pegou-me de jeito — anunciou, apontando para a calça rasgada e já tinta de sangue.

— Eu bem disse que não devemos esperar nada dele — relembrou Scott com voz desalentada. — Já havia pensado nisto, mas tinha esperança de qualquer coisa; agora nada mais resta. Temos de matá-lo.

E dizendo isto sacou do revólver e examinou a carga.

— Escute, sr. Scott — interveio Matt. — Este lobo esteve metido num inferno e não podemos esperar que vire anjo de um momento para outro. Vamos dar tempo ao tempo.

— Olhe como está o Major — disse Scott.

O condutor voltou os olhos para o cão ferido, que já agonizava numa roda de sangue.

— Servirá de lição para os outros, o senhor já disse, sr. Scott. Major tentou roubar a carne de Caninos e recebeu o justo castigo. Não dou um níquel por um cão que não defende a sua carne.

— Mas veja a sua perna, Matt. Que ele morda os cães, vá lá. Mas a nós...

— Servirá de lição para mim — respondeu Matt teimosamente.

– Por que ameacei bater nele? Eu não tinha o direito de castigá-lo.

– Acho, apesar de tudo, que o melhor é matá-lo. Esse animal é indomável.

– Espere, sr. Scott. Vamos dar ao pobre animal uma chance. Ele ainda não teve nenhuma. Acaba de sair de um inferno e é esta a primeira vez que se vê solto. Vamos dar-lhe uma chance, e se isso de nada valer, então eu mesmo o matarei.

– Deus sabe que não quero matá-lo, nem que o matem – disse Scott guardando o revólver. – Está bem. Vamos deixá-lo solto para ver se a bondade consegue qualquer coisa. Uma experiência.

E o moço dirigiu-se para Caninos, ao qual começou a falar de maneira bondosa e macia.

– Melhor ter na mão um pau – sugeriu Matt.

Scott sacudiu a cabeça e continuou tentando conquistar o lobo. Caninos desconfiou. Alguma coisa estava para acontecer, calculava. Tinha matado um dos cães dos deuses; tinha mordido a perna de um deles e o que devia esperar senão um terrível castigo? Iria esperá-lo de pé e firme. E como aguardava o terrível castigo, arrepiou-se, arreganhou os dentes, com um estranho brilho nos olhos, preparado para tudo. Mas o deus vinha sem pau na mão e Caninos deixou-o aproximar-se. A mão do deus ergueu-se no ar. Veio descendo, lenta, lenta. Caninos agachou-se, todo encolhido, pensando no perigo que pairava no ar, alguma insídia. Bem que conhecia a mão dos deuses: astutas, poderosas, hábeis no ferir. Além disso, nunca suportara que o tocassem. A mão vinha descendo. Para quê? Caninos rosnou mais ameaçadoramente e colou-se ainda mais ao solo. A mão continuava descendo. Não queria morder aquela mão e conteve-se ante o perigo pendente, até que o instinto explodiu dentro de si na sua furiosa defesa da vida.

Weedon Scott julgara-se bastante rápido de movimentos para evitar uma dentada. Errou. Caninos foi mais rápido e alcançou sua mão no ar com a vivacidade dum bote de cobra.

Scott gritou de surpresa, apertando a mão ferida, e Matt correu para o seu lado soltando uma blasfêmia. Caninos recuava de agacho, sempre eriçado, mostrando os dentes e com os olhos fulgurantes de ameaças. Iria sofrer agora, estava certo disso, um castigo mais cruel que o infligido por Beauty Smith.

– Alto! – gritou de súbito Scott. – Que vai fazer, Matt?

Matt, que correra para a cabana, voltava com uma carabina.

– Nada, respondeu ele com fingida serenidade. Apenas cumprir a promessa de matá-lo, se não houvesse remédio.

– Não pense nisso, Matt.

– Tenho de pensar. Olhe.

Do mesmo modo que ao ser mordido, Matt havia intercedido pelo lobo, agora Scott estava pedindo por ele.

– Você disse que devíamos dar-lhe uma chance. Pois dê-lhe você essa chance. Estamos no começo da experiência e não podemos dá-la por finda. A lição levei-a eu agora. E olha lá!

Caninos, a nove metros da cabana, estava rosnando colérico para Matt, não para Scott.

– Parece que quer devorar-me! – foi a observação do condutor.

– Inteligente! – observou Scott. – Sabe o significado das armas de fogo tão bem como nós. É bem inteligente e temos de dar uma chance para essa inteligência. Guarde a carabina, Matt.

– De bom grado – disse este, recostando a arma num mourão. E logo depois, espantado: – Veja! Isto merece estudo.

Caninos cessara de rosnar logo que viu a carabina encostada. Matt repetiu a experiência. Tomou de novo a arma. Caninos eriçou-se e rosnou, para logo após sossegar novamente, assim que Matt a reencostou no mourão.

O condutor, então, voltando-se para Scott disse:

– Tem razão, sr. Scott. Este cachorro é muito inteligente para merecer um tiro. Vamos dar-lhe uma chance.

VI

O mestre do amor

Vinte e quatro horas eram corridas do momento em que Caninos mordera a mão de Scott, agora enfaixada e na tipoia.

Nada até ali lhe acontecera. Muitas vezes outrora fora vítima de castigos adiados, e dessa experiência deduziu que o castigo que o esperava ainda viria. Como poderia ser de outro modo? Ele havia cometido o pior dos sacrilégios, metendo os dentes na carne sagrada de um deus, e de um deus branco, dos mais poderosos. Estava na natureza das coisas, e era da lei dos deuses, que algo de terrível se reservava para ele.

Weedon Scott aproximava-se e de novo Caninos eriçou-se, dando todas as demonstrações de que não se submeteria ao castigo sem resistência. O deus chegou e sentou-se a alguma distância. Caninos nada viu de perigoso nisso. Quando os deuses vinham castigar, conservavam-se sempre de pé. Além do mais, aquele deus não trazia nas mãos nenhum pau, nem chicote, nem arma de fogo, e ele, Caninos, estava liberto da corrente. Podia escapar dali, fugir antes que o deus o atingisse. Esperaria entretanto. Estava curioso por decifrar o enigma.

O deus quedou-se imóvel, e o rosnido de Caninos caiu de tom, cessando por fim. Scott então falou. Às suas primeiras palavras o pelo de Caninos eriçou-se e um rosnido lhe subiu à garganta.

Mas o deus não fez nenhum movimento hostil e continuou a falar maciamente. Caninos ritmava seus rosnidos com essa fala numa correspondência perfeita. O deus entretanto não parava de falar e o que saía da sua boca eram sons diferentes do que o lobo até ali ouvira. Scott falava calmo, macio, com uma doçura que de qualquer modo impressionou Caninos. A despeito de si próprio e de todas as advertências dos instintos, começou a sentir-se bem na companhia daquele deus. Sua desconfiança vacilava.

Depois de algum tempo, o deus levantou-se e dirigiu-se para a cabana, onde entrou. Caninos investigou-o agudamente com os olhos quando o deus se mostrou de novo à porta. Viu que não trazia na mão nem porrete, nem chicote, nem arma de fogo. E nem as mãos atrás das costas, escondendo qualquer coisa. Scott aproximou-se e sentou-se onde estivera antes e mostrou ao lobo um pedaço de carne. Caninos esticou as orelhas e firmou a vista, desconfiado, atento à carne e ao deus, alerta contra qualquer traição, os músculos retesados para o salto ao primeiro sinal de hostilidade.

Mas o castigo não vinha. O deus limitava-se a apresentar-lhe o pedaço de carne. Nada via de mal nisso. Mesmo assim desconfiava, e embora o pedaço de carne lhe fosse apresentado em repetidos avanços de mão, ele recusava-se a aceitá-lo. Os deuses eram supremamente astutos, ninguém podendo prever que embuste podem esconder atrás de um simples pedaço de carne. Em suas experiências passadas, sobretudo com as mulheres, carne e castigo muitas vezes vinham pela mesma mão.

Por fim Scott lançou a carne aos pés de Caninos. O lobo a farejou sem tirar os olhos do deus. Enganou-se no que suspeitara. Nada lhe aconteceu. Tomou então a carne na boca e engoliu-a. Nada acontecia... E o deus estava agora oferecendo-lhe outro pedaço de carne. De novo recusou-o e de novo a carne lhe foi jogada aos pés. Isso se repetiu numerosas vezes. Por fim, em vez de jogá-la, o deus ficou com o pedaço de carne na mão, sempre com gestos de oferta.

Boa carne que era – e Caninos estava com fome. Polegada a polegada, com infinita cautela, aproximou-se da mão. Vacilou ao chegar perto. Por fim decidiu-se a apanhar a carne, mas sem tirar os olhos do deus, com as orelhas esticadas para trás e um leve eriçar dos pelos do pescoço. Também um leve rosnido lhe escapou da garganta, como para advertir de que ele não era brinquedo de ninguém. Comeu a carne, e nada lhe aconteceu. Evidentemente o castigo fora adiado...

Caninos lambeu os beiços e esperou. O deus recomeçava a falar. Havia bondade na sua voz, uma coisa nova da qual o lobo não possuía nenhuma experiência. Sentimentos jamais sentidos principiaram a nascer dentro dele. Adquiria a consciência de um sentimento novo, como se alguma necessidade do seu ser estivesse sendo afinal satisfeita. Um vácuo do seu íntimo enchia-se. Súbito, rebentou uma explosão de instinto, e de passadas experiências. Os deuses eram habilíssimos e tinham meios nunca sonhados de alcançar seus fins.

Havia de ser isso! A mão do deus levantava-se! Ia cair sobre sua cabeça... Nada aconteceu. O homem continuava a falar com voz sempre macia, e apesar da ameaça permanente que era a sua mão, mão de homem, aquela voz inspirava confiança. A voz, confiança, mas a mão... A mão... Caninos sentia dentro de si um tumulto de ímpetos contraditórios. Estava a ponto de explodir, tão terrível era o controle que sobre si exercia para manter o empate de impulsos contrários que se chocavam lá dentro.

Transigiu meio a meio. Eriçou-se, rosnou e esticou as orelhas, mas nem deu salto, nem arreganhou os dentes. A mão suspensa sobre si desceu, foi descendo. Mais e mais ia se aproximando. Tocou-lhe as pontas dos pelos... Caninos agachou-se, colado à terra, como procurando manter-se na vida. Que tormento, aquela mão que o tocava e violava todos os seus instintos! Era-lhe impossível, por um instante só, esquecer todos os males que lhe caíram em cima, provindos da mão do homem. Era entretanto da vontade daquele deus tocá-lo e Caninos lutava para submeter-se.

A mão subia e descia, repetindo contatos sempre cariciosos. Não doía... E aquilo continuava, e cada vez que a mão se erguia, seu pelo se eriçava debaixo dela. E cada vez que a mão baixava, suas orelhas se estiravam e um rosnido cavernoso vinha do fundo da garganta. Caninos rosnava, rosnava o seu rosnido de advertência. Anunciava assim achar-se pronto para retaliar qualquer golpe que recebesse. Quando a intenção oculta do deus se revelasse, oh, ele iria aos extremos! De um momento para outro aquela voz mansa e amiga poderia transformar-se num rugido de cólera e aquela mão macia e meiga transformar-se numa garra cruel que o engrifasse[69] para um castigo tremendo.

Mas o deus continuava a falar com meiguice e a mão repetia sempre os mesmos movimentos cariciosos. Caninos crescia de indecisão. Aquilo era desagradável aos seus instintos. Aquilo o peiava[70], quebrava-lhe o ímpeto. Mas não era nada doloroso, ao contrário, era bom, era fisicamente bom. Os tapas cariciosos do deus de repente mudaram de forma. Passaram a ser coçadelas na base da orelha; Caninos sentiu um prazer ainda maior. Todavia continuou a recear, sempre em guarda contra um inesperado perigo. E alternadamente sofria e gostava, conforme predominava um sentimento ou outro.

– Diabo! – exclamou uma voz. Era Matt, que aparecera à porta da cabana com um balde nas mãos. A surpresa fê-lo interromper a meio o despejo da água. – Weedon Scott coçando a orelha do lobo... – murmurou em seguida.

---

69 Engrifar: apoderar-se de.
70 Peiar: embaraçar, empecilhar.

A sua exclamação fez Caninos saltar para trás, rosnando contra Matt ferozmente. O condutor censurava com a carranca da testa a imprudência de Scott.

– Se não se ofende com as minhas palavras, sr. Scott, permita-me que lhe diga que o senhor está se saindo um louco feito de pedaços de dezessete loucos, todos diferentes...

Weedon Scott riu-se com ar superior, pôs-se de pé e dirigiu-se para Caninos. Falou-lhe umas palavras e depois lentamente pousou a mão sobre sua cabeça, recomeçando os tapinhas. Caninos suportou a carícia, sempre com os olhos fixos, não mais no deus que o acariciava, mas no deus de balde na mão que arregalava os olhos à porta da cabana.

– O senhor pode ser um grande engenheiro de minas, ninguém discute isso – disse Matt oracularmente – mas errou de vocação. Devia entrar para um circo na qualidade de domador de feras indomáveis...

Caninos rosnou ao som da sua voz, mas já desta vez não deu o salto de recuo, continuando com a cabeça sob a mão que a alisava.

Era o começo do fim de Caninos Brancos, da sua velha vida de ódio e raiva espasmódica. Uma nova e muito mais bela vida estava rompendo como o romper de uma aurora. Isso custaria infinitos de paciência da parte de Weedon Scott, e da parte de Caninos exigiria uma revolução. Ele tinha de recalcar os ímpetos instintivos, os impulsos da razão formada com a velha experiência, mentir a tudo quanto aprendera sobre a vida até aquele momento. Mentir à vida...

A vida como a conhecera ia negar tudo quanto ele fizesse agora. Todas as suas lições iam de encontro à corrente que agora o levava. Considerado tudo, tinha de orientar-se em sentido inverso ao que viera desde o momento da sua deserção do Wild e aceitação de Castor Pardo como senhor. Naquele tempo não passava dum simples filhote, cera mole suscetível de todas as moldagens. Agora tudo mudava. Já se cristalizara como o "Lobo Lutador", ferocíssimo, implacável, não suscetível de amor. Para operar-se a mudança tinha de forçar um refluxo do seu ser, e isto quando a plasticidade infantil já ia longe, quando suas fibras estavam endurecidas; quando os fios do que era tecido estavam já ressecados e aspérrimos; quando por dentro se fizera todo de ferro e todos os seus instintos se tinham cristalizado em regras fixas, precauções automáticas, antipatias e desejos.

Mais uma vez, nesta nova orientação, foi o molde das circunstâncias o que deu forma à sua argila, amolecendo o que já estava muito endurecido e afeiçoando-a a algo diferente. Weedon Scott representou o papel de agente das circunstâncias, indo às raízes da natureza de Caninos e pela força da bondade fazendo renascer algo que parecia para sempre extinto. Esse algo era o amor. O amor tomou o lugar do gostar, sentimento que até ali fora o mais elevado que nele florira em seu relacionamento com os deuses.

Mas esse amor não veio em um dia. Desenvolveu-se do gostar, e lentamente. Caninos não desertou dali depois de solto da corrente, porque gostara do novo deus. Tinha como necessário pertencer a algum deus e aquele parecia capaz de lhe conceder vida melhor que a que tivera com Beauty Smith. O selo da sua dependência a um homem o marcara muito cedo, quando pela primeira vez abandonou o Wild e rojou-se aos pés de Castor Pardo; e o remarcara mais tarde, quando, após fuga momentânea, veio novamente entregar-se àquele homem.

E assim, pelo fato de a sua natureza exigir um deus e de ser Weedon Scott melhor que Beauty Smith, Caninos ficou, tomando a si, como demonstração de fidelidade, a guarda dos bens do novo senhor. Caninos mantinha-se perto da cabana enquanto os demais cães dormiam, e tão alerta se conservava que logo depois um visitante noturno teve de bater-se com ele a pau, até que Scott viesse acudi-lo. Mas o lobo logo aprendeu a diferenciar os homens de bem dos homens criminosos, isso pelo modo de penetrarem ali. Quem vinha a passos largos e em linha reta para a cabana, nada sofria de sua parte, embora fosse observado até que entrasse e recebesse as saudações amistosas do senhor. Mas quem vinha com mil cautelas, espiando dos lados e não pelo caminho mais curto, esse era recebido como merecia e tinha de retirar-se em fuga desordenada.

Weedon Scott assumira a empreitada de redimir Caninos Brancos, ou, melhor, de redimir a humanidade do mal que havia feito ao lobo. Ponto de honra. Scott considerava que o mal feito a Caninos constituía uma dívida que era forçoso resgatar. Por isso requintava de bondade, diariamente inventando novos meios de o agradar.

Desconfiado a princípio, e hostil, Caninos passou a gostar daqueles gestos amigos, embora não pudesse suprimir os rosnidos, e rosnava desde que a mão cariciosa lhe descia sobre o dorso até que se retirava. Havia, entretanto, uma nota nova nesse rosnar. Quem não o conhecesse não distinguiria tal nota e tomaria seus rosnidos como manifestação da selvageria primordial, feroz e arrepiante. É que a garganta de Caninos afeiçoara-se a só produzir sons ferozes e não podia ele agora emitir outro, em tom diferente. Uma ternura que quisesse exprimir, fazia-se no mesmo tom da ferocidade. Não obstante, os ouvidos de Weedon Smith eram bastante apurados para perceber a nota nova que ressoava dentro da ferocidade – nota que sugeria um hino de contentamento só a ele perceptível.

A evolução do gostar para o amar foi-se acelerando com o decorrer dos dias. Caninos tornava-se consciente da mudança, embora não soubesse que aquilo que se manifestava no seu íntimo era amor: um vazio faminto, doloroso, que clamava por ser enchido. Era como uma dor e uma inquietação que só cedia com a presença do deus, para então transformar-se num agudo e selvagem deleite. Se o deus se afastava, o vácuo se fazia de novo, crescendo qual ânsia que se dilata.

Caninos estava no trabalho de encontrar-se a si próprio. A despeito da maturidade em que entrara e da rigidez do molde que o conformara, sua natureza vinha sofrendo nova expansão. Brotava-se todo por dentro, de estranhos e jamais sentidos impulsos. O velho código de conduta mudava. No passado, o bem lhe era o conforto e a ausência de dor; o mal era o desconforto e a dor, e todas as suas ações se ajustavam a esse código. Agora, tudo era diferente. Por causa ou em virtude do novo sentimento a desenvolver-se em seu íntimo, muitas vezes ele preferia o desconforto e a dor, se se tratava do bem do seu deus. E assim pela madrugada, em vez de sair à caça ou ficar dormindo em paz, vinha para a porta da cabana esperar por horas o aparecimento do seu deus. De noite, quando Scott regressava do serviço, Caninos deixava a mais quente e agradável cama para vir receber alguns tapas amigos e ouvir suas palavras de saudação. Até carne, carne, ele abandonaria em troca de estar com o seu deus, de receber uma carícia sua ou de acompanhá-lo até à cidade.

Gostar tinha sido trocado por amar. O amor, qual um prumo, descera às profundidades últimas do seu ser, onde jamais o gostar chegara. E ao toque mágico desse prumo surgia lá das profundezas algo novo: amor. Caninos retribuía o que lhe fora dado. Scott era um deus realmente, um deus de amor, um deus radiante, sob cuja luz a natureza de Caninos se expandia como a flor se expande ao sol.

Caninos, entretanto, não era demonstrativo. Estava muito velho, muito rigidamente moldado para expressar-se de maneira nova. Muito voltado sobre si próprio, muito afeito ao isolamento. Cultivara por tempo longo demais a reticência, a displicência, o afastamento de tudo. Nunca havia latido em toda a sua vida e agora não sabia dar um latido de boas-vindas quando o deus se aproximava. Não sabia ser extravagante, derramado ou excessivo ao expressar seu amor. Jamais corria para encontrar seu deus. Esperava-o a distância; mas esperava-o sempre, incapaz de falha. Seu amor decorria de sua natureza – adoração teimosa, inarticulada, silente. Apenas com os olhos, que seguiam os mínimos gestos do seu deus, expressava o que sentia. Quando Scott o fitava e lhe falava, traía a sua esquerdice[71], causada pela luta do seu amor para exprimir-se e da sua inabilidade física em exprimi-lo.

Caninos aprendeu a ajustar-se de muitas maneiras à nova vida. Uma foi que devia deixar em paz os cães do seu senhor. Scott raramente lhe dava carne, isso competia a Matt. Não obstante, Caninos percebia que o alimento provinha do seu deus e por isso era tão abundante. Matt havia tentado pô-lo no trenó e nada conseguira; mas Scott repetiu a tentativa e Caninos compreendeu que seu deus queria que Matt o pusesse no trabalho conjuntamente com os demais cães.

Os trenós do Klondike eram diferentes dos do Mackenzie, e também variava o sistema de conduzir os cães. Nada de formação em leque. Os cães trabalhavam em fila única, um atrás do outro, contidos por dupla rédea. E ali o líder era realmente líder. O mais hábil e forte tornava-se o líder, obedecido e temido pelo grupo inteiro. Inevitável que Caninos subisse àquele posto. Não podia satisfazer-se com outro, Matt logo o verificou. Caninos assumiu por si esse posto e Matt nada mais fez senão confirmar seu acesso. Mas apesar do seu trabalho no trenó de dia, o lobo não abandonava a guarda dos bens do seu deus durante a noite, e conservava-se assim em serviço todo o tempo, sempre vigilante e fiel.

– Se me dá a liberdade de cuspir o que tenho dentro de mim – disse Matt um dia na sua pitoresca linguagem – devo dizer que o senhor fez uma verdadeira pechincha quando deu cento e cinquenta dólares

---

71 Esquerdice: falta de jeito.

por este cão. Passou a perna em Beauty Smith, a não ser que leve em conta de outros tantos dólares os murros que lhe deu na cara...

À lembrança daquele monstro, um assomo de cólera transpareceu nos olhos de Weedon Scott. "A besta-fera!" murmurou ele em tom feroz.

Ao fim do inverno uma grande calamidade sobreveio para o lobo: sem nenhum aviso prévio o seu mestre de amor desapareceu subitamente. Houvera avisos – o empacotamento da bagagem era um –, mas Caninos não os compreendera. Só mais tarde refletiu que aquele empacotamento havia precedido ao desaparecimento do seu deus. À noite, como de costume, esperou pelo regresso de Scott, e só muito tarde, quando o vento gelado apertou, é que se recolheu ao canil atrás da cabana. Lá cochilou de orelhas atentas para colher ao longe os sons familiares das passadas amigas. Às duas horas da madrugada o seu anseio fê-lo vir deitar-se à soleira da porta da frente.

Mas o deus não veio. A porta abriu-se de manhã, como de costume, e foi Matt, não Scott, quem saiu. Caninos olhou para Matt pensativamente. Impossível entenderem-se em linguagem falada e assim Caninos não pôde saber o que desejava. Um dia, dois, três se passaram e nada do seu deus aparecer. Caninos, então, que jamais conhecera doença, sentiu-se doente. Tornou-se tão doente que Matt foi obrigado a trazê-lo para dentro da cabana – e na sua carta a Scott lançou um "P. S.[72]" consagrado ao incidente.

Weedon Scott leu essa carta em Circle City. Dizia o PS.: "O raio do lobo não trabalha mais. Não come. Está esvaindo-se da vida. Todos os cães o lambem. Quer saber que fim o senhor levou e eu não tenho jeito de o dizer. Neste andar, acaba logo. Morre."

---

[72] P.S.: abreviatura da expressão latina *post-scriptum*, que quer dizer escrito depois.

E era como Matt dizia. Caninos havia cessado de alimentar-se e permitia que qualquer cão do grupo judiasse dele. Na cabana ficava perto do fogão sem nenhum interesse pela comida, por Matt, por coisa alguma. Se Matt lhe falava ou lhe batia tapas amigos, era o mesmo; nada mais fazia senão erguer-lhe os olhos mortiços, sempre com a cabeça repousada entre as pastas.

Uma noite em que Matt lia para si em surdina, movendo os lábios, foi interrompido pelo uivo lúgubre de Caninos. Havia-se erguido do seu canto e estava com as orelhas apontadas na direção da porta, ouvindo atentamente. Momentos depois soaram passos – a porta abriu-se e Weedon Scott apareceu. Os dois homens trocaram apertos de mão; em seguida Scott correu os olhos em redor.

– Onde está o lobo? – perguntou.

Viu-o então, de pé no lugar onde estivera deitado, junto do fogão. Caninos não se adiantou para ele de ímpeto, como o faria qualquer cachorro. Permaneceu imóvel, olhando e esperando.

– Pela sagrada fumaça! – exclamou Matt. – Olhe como agita a cauda!

Weedon Scott atravessou a sala em direção dele ao mesmo tempo que o chamava, e Caninos achegou-se, não de salto, embora apressado. Mostrava-se aturdido e tinha uma estranha expressão no olhar. Algo de infinito dava a seus olhos uma luz nova.

– Nunca olhou-me assim durante todo o tempo em que o senhor esteve fora – comentou Matt.

Weedon não ouvia. Estava de cócoras diante de Caninos, batendo-lhe tapas carinhosos e coçando-o na base das orelhas, no pescoço, ao longo da espinha, ao que o lobo respondia com aquela nota nova no rosnido que só o seu deus percebia.

E não foi tudo. Sua alegria, o grande amor sempre em luta para expressar-se lá dentro encontrou a forma. Repentinamente avançou com a cabeça e enfiou-a entre o braço e o corpo do seu deus, e lá a deixou como num regaço.

Os dois homens entreolharam-se. Scott tinha os olhos brilhantes.

– Oh, céus! – exclamou Matt em voz comovida.

Momentos depois, quando a crise passou, disse ele: "Sempre insisti que esse lobo era cão. Olhe..."

Com a volta do seu mestre de amor, a convalescença de Caninos foi rápida. Duas noites e um dia ainda passou na cabana. Depois saiu. Os cães do trenó já haviam esquecido suas proezas; só se lembravam da sua doença e debilidade. Ao verem-no sair da cabana lançaram-se contra ele.

– Mostre-lhes o que você vale! – gritou Matt alegremente da porta da cabana. – Dê-lhes uma esfrega!

Caninos não necessitava de encorajamento, a volta do seu deus fora bastante. A vida borbulhava nele de novo, esplêndida e indomável. Lutou contra os agressores com prazer, encontrando na luta uma distração do muito que sentira e não pudera exprimir. O resultado só poderia ser o que foi. O grupo dispersou, ignominiosamente surrado e só à noite os cães foram voltando, um por um, com todas as mostras de humildade que dessem a entender submissão.

Havendo aprendido a encostar a cabeça ao corpo do seu deus, Caninos usou com frequência essa linguagem, que constituía a sua mais alta expressão de ternura. Ir além lhe era impossível. De nada tinha tanto ciúme como de sua cabeça e sempre fugira com ela a qualquer contato. Voz do Wild, medo hereditário de armadilhas e ferimentos. O velho instinto mandava que a cabeça estivesse sempre livre. E agora com o seu mestre de amor esse entregar da cabeça era ato consciente de renúncia absoluta, expressão de confiança perfeita, como se dissesse: "Ponho-me nas suas mãos; faça de mim o que quiser.".

Certa noite, dias depois, Scott e Matt sentaram-se para jogar antes de irem para as camas, e estavam nisso quando um horrível tumulto rompeu no terreiro. Ambos entreolharam-se e ergueram-se precipitadamente.

– O lobo apanhou alguém – disse Matt.

Um grito selvagem, de medo e angústia, fê-los correr.

– Traga luz! – gritou Scott ao sair.

Matt o seguiu com a lâmpada, e à luz dela viram um homem caído na neve. Tinha os braços dobrados sobre o rosto, para defendê-lo dos dentes de Caninos, que o atacava com extrema ferocidade. Dos ombros ao punho, as mangas da sua camisa estavam em farrapos, e através dos rasgões a carne lanhada sangrava de maneira horripilante. Num relance os dois homens apreenderam a situação.

Weedon Scott agarrou Caninos pelo pescoço e arrastou-o dali. O lobo lutou para desembaraçar-se e rosnou, mas nenhuma tentativa fez para morder, aquietando-se logo depois de ouvir algumas palavras mais fortes do seu deus.

Matt ajudou o homem a erguer-se da neve. Era Beauty Smith. Ao reconhecê-lo, o condutor de trenós o largou bruscamente, como quem larga uma brasa pegada por engano. O monstro piscou à luz da lâmpada e correu os olhos em torno. Viu Caninos, e uma onda de terror lhe convulsionou a face.

No mesmo instante Matt viu dois objetos na neve. Moveu a lâmpada na direção e apontou-os com o pé para Weedon Scott. Era uma corrente e um porretão.

Scott meneou[73] a cabeça, compreendendo. Nada disse. Matt pôs a mão sobre o ombro de Beauty e encarou-o. Também não proferiu palavra. Era inútil. Beauty Smith retirou-se.

Enquanto isso, o mestre de amor dava tapas amigos no pescoço de Caninos e falava-lhe.

– Queria roubar o meu lobo, hein? Mas o patife errou o bote...

Caninos ainda estava arrepiado e rosnando; os pelos, porém, foram se acamando e a nota estranha do seu rosnido reapareceu afinal.

---

73 Menear: mover de um lado para outro.

QUINTA PARTE

I
A longa jornada

Havia qualquer coisa no ar. Caninos percebeu o advento da calamidade antes de ter dela alguma evidência tangível. De modo vago pressentia uma mudança iminente. Sem saber como nem por que recebera dos deuses a notícia do acontecimento, embora ambos procurassem esconder do lobo as suas intenções.

– Ouça aquilo – disse o condutor de trenó durante a ceia, certa noite.

Weedon Scott ouviu. Através da porta vinha um uivo baixo e ansioso, como soluço que cresce. Esse uivo degenerou em prolongada fungadela quando o lobo percebeu que seus deuses ainda não haviam partido para a misteriosa jornada.

– Creio que o lobo adivinha os seus projetos, senhor Scott – disse Matt.

Weedon Scott olhou para o companheiro com olhos que desmentiam o que as palavras iam dizer.

– Que diabo posso eu fazer com um lobo na Califórnia?

– É o que penso. Que diabo poderá o senhor fazer com um lobo na Califórnia? – respondeu Matt.

Esta resposta, entretanto, não satisfez a Weedon Scott, pois dava a entender que o outro não o compreendera.

– Os cães dos homens brancos haviam de sofrer com ele – continuou Weedon. – Caninos os mataria no primeiro encontro, e se os donos não me arruinassem com processos de indenização, as autoridades o tomariam de mim e o matariam.

– Ele é um terrível matador de cães, eu sei – comentou Matt.

Weedon Scott olhou-o de esguelha.

– Não creio que ainda o seja – disse Weedon convencido.

– O senhor terá de alugar um homem especialmente para guardá-lo – observou Matt.

No silêncio que se seguiu o uivo soluçado do lobo fez-se ouvir junto à porta, e depois, novamente, com fungadelas compridas.

– Não há como negar que ele pensa mal do senhor – advertiu Matt.

Os olhos do moço brilharam num clarão de cólera.

– Para o diabo! – gritou ele. – Conheço-me e sei o que me convém.

– Concordo, mas...

– Mas, o quê?

– Mas... – começou o condutor de trenó maciamente, para logo trair a cólera reprimida. – Não se exalte, disse por fim. Mas a julgar pelas suas ações, o senhor não sabe o que lhe convém.

Weedon Scott lutou consigo próprio alguns instantes; depois disse mais calmo:

– Você tem razão, Matt. Não sei o que me convém e é isso o que está me aborrecendo – fez nova pausa.

– Seria ruim para mim levar o lobo comigo – disse afinal.

– Concordo – murmurou Matt, e ainda desta vez Scott não se mostrou satisfeito com o parecer. – Mas, por Deus! Como é que ele sabe que o senhor vai partir? É o que me espanta – concluiu Matt inocentemente.

– Também não sei como – acrescentou Scott com olhos abstratos.

Afinal chegou o dia em que, pela porta da cabana entreaberta, Caninos viu a mala fatal no chão e seu mestre de amor pondo coisas dentro. Observou depois estranhas idas e vindas dentro da casa e muitos sons ainda não ouvidos naquele plácido ambiente. A evidência tornava-se forte. A evidência que Caninos pressentira. Seu deus preparava-se para outra fuga, e como não o havia levado consigo na primeira, não o levaria também nesta.

Naquela noite, Caninos rompeu no longo e clássico uivo de lobo, como havia uivado nos dias juvenis quando, de volta do Wild, encontrou vazio o lugar do primeiro acampamento. Uivou a sua tristeza infinita, de focinho voltado para as estrelas impassíveis.

Dentro da casa os homens já se haviam metido nas camas.

– Ele recomeçou a recusar alimento – observou Matt lá do seu leito.

Weedon Scott, de cá, agitou-se entre os lençóis.

– Da maneira pela qual se comportou por ocasião da sua primeira viagem, deduzo que desta vez não escapa – insistiu Matt.

As cobertas da outra cama agitaram-se novamente.

– Cale a boca! – gritou Scott no escuro. – Você rabuja pior que uma mulher velha.

No outro dia a inquietação de Caninos aumentou. Logo que seu amo saiu da cabana, pôs-se a segui-lo e não mais o deixou. E sempre que o via reentrar na casa punha-se atento à porta. Além da mala, havia dois sacos de lona e uma caixa. Matt dobrava os cobertores e as peles do seu patrão e os ajeitava num fardo. Caninos uivou lugubremente ao ver aquilo.

Depois, chegaram dois índios. Caninos observou-os atentamente; viu-os tomarem nos ombros a bagagem e serem conduzidos por Matt ladeira abaixo. Mas Caninos não os seguiu. O seu deus estava ainda na cabana. Depois de algum tempo Matt voltou. Scott veio até a porta e chamou Caninos.

– Coitado do meu lobo – disse ele com carícias nas orelhas e tapas amigos no pescoço. – Tenho de fazer longa viagem e você não pode acompanhar-me. Vamos, um último uivo de adeus. Vamos...

Mas Caninos recusou-se a emitir qualquer som. Em vez disso, depois de um olhar cheio de pensamento, recostou a cabeça ao corpo do seu deus, como a criança se ajeita no colo materno.

– Já está apitando! – gritou Matt, e realmente vinha do Yukon o rouco apito de um barco a vapor. – É preciso apressar-se. Feche a porta da frente que eu fecharei a dos fundos. Vamos.

Quase ao mesmo tempo as duas portas se fecharam com estrépito e Weedon Scott esperou Matt no terreiro. De dentro da casa vinha um uivo de cortar o coração, baixo e soluçado.

– Tome muito cuidado com ele, Matt – disse Scott, pondo-se em marcha para a ribanceira. – Escreva-me sempre dando notícias do meu lobo.

– Perfeitamente, respondeu o condutor. Mas... Ouça, sr. Scott...

Ambos entrepararam. Caninos estava uivando, como uivam os cães quando perdem os donos. Era um uivo lamentoso e profundo, saído do coração, que brotava com desespero e caía num tremor de infinita e inenarrável amargura.

O Aurora era o primeiro barco que naquele ano descia do Klondike e seu tombadilho estava coalhado de aventureiros enriquecidos ou arruinados, todos igualmente ansiosos de se verem fora daquilo, como antes se mostravam ansiosos de se verem dentro. Perto da escada do portaló[74], Scott despedia-se de Matt. Mas a mão de Matt deteve-se no ar e seus olhos arregalaram-se para qualquer coisa atrás do patrão. Scott voltou o rosto e viu... viu, a alguns passos além, olhando para ele pensativamente, o lobo que haviam deixado preso na cabana.

O condutor de trenó soltou uma exclamação de espanto. Não podia compreender aquilo.

– O senhor tem certeza de que fechou a porta da frente? – perguntou.

– Absoluta. E você fechou a de trás? – indagou por sua vez Scott.

– Juro que fechei – afirmou Matt sempre atônito.

Caninos dobrava as orelhas, suplicante, mas ficou onde estava, não fazendo nenhuma tentativa para aproximar-se.

---

[74] Portaló: abertura feita no costado de navio de grande porte, por onde se entra ou sai de bordo.

– Vou levá-lo comigo para terra – murmurou Matt, dando alguns passos em direção do lobo. Este, porém, escapou-se, rápido. Matt correu atrás dele, fazendo-o esgueirar-se por entre as pernas dos homens, em fuga driblada, que inutilizava todos os esforços para a sua captura.

Mas, quando o mestre de amor falou, Caninos obedeceu prontamente. Veio.

– Evita a quem o alimentou todo este tempo – disse o condutor de trenós ressentido. – E, no entanto, obedece ao senhor que nunca lhe deu nada para comer, salvo no primeiro dia. Não posso compreender como ele sabe quem é o patrão.

Scott, que já estava dando os tapas amigos no pescoço do lobo, notou vários cortes em seu focinho e um rasgão entre os olhos.

Matt veio examiná-lo e correu-lhe a mão pelo ventre.

– Esquecemos da vidraça. O coitado está ferido em muitas partes.

Mas Weedon Scott não ouvia. Estava absorto em pensamentos. O apito do Aurora deu o sinal de partida. Passageiros ainda em terra precipitaram-se para a escada. Matt tirou a gravata do pescoço e procurou passá-la em laço ao redor do pescoço de Caninos. Scott deteve-lhe a mão.

– Adeus, meu velho Matt, e quanto ao lobo não é preciso escrever-me... Como você vê, eu...

– Quê? – explodiu o condutor de trenó. – Mas então...

– Sim, sim. Tome a sua gravata. E agora quem escreverá dando notícias dele serei eu.

Matt dirigiu-se para a saída.

– Ele não vai suportar muito bem o clima quente – gritou já de longe. – A não ser que o senhor lhe tose o pelo.

A escada foi recolhida e o Aurora pôs-se em movimento. Weedon Scott acenou para Matt o último adeus. Depois voltou-se e inclinou-se para Caninos que estava ao seu lado.

– Agora, uiva à vontade meu velho – disse amigavelmente, enquanto lhe dava no pescoço os tapas amigos.

II

A terra do Sul

Caninos deixou o vapor em São Francisco, na Califórnia. Estava mergulhado num assombro. Sempre havia associado no seu íntimo vontade de agir com o poder de agir – o que dava como resultante o poder dos deuses. Mas nunca os homens brancos lhe pareceram tão maravilhosamente divinos como agora que trotava pelo liso pavimento de São Francisco. As cabanas que conhecia estavam ali substituídas por enormes edifícios. As ruas acumulavam-se de perigos novos: caminhões, carros, automóveis; enormes cavalos puxando enormes carroças; intermináveis cabos com bondes elétricos correndo por baixo e guinchando ameaças constantes, à maneira dos linces que ele havia conhecido nas florestas do norte. Tudo isto eram manifestações de poder. E, atrás de tudo, através de tudo estava o homem, dirigindo e controlando – e desse modo expressando, como sempre, a sua dominação da matéria. Era gigantesco, estonteante. Caninos sentia-se transido de pavor sagrado. Medo, um medo imenso. Do mesmo modo que na sua infância viera a sentir toda a extensão da sua pequenez e fraqueza no dia em que penetrou no acampamento de Castor Pardo, infinitamente pequeno sentia-se agora. E quantos deuses! Estava tonteado pelo número deles. O barulho das ruas zoava-lhe os ouvidos. O movimento geral e incessante atrapalhava-lhe os olhos. Sentiu mais forte que nunca a sua dependência do mestre de amor, rente ao qual caminhava sem por um só instante perdê-lo de vista.

Mas Caninos ia ter apenas uma rápida visão da cidade, experiência terrível e como que irreal, que por muito tempo o agitou em seus sonhos. Foi logo posto pelo seu senhor num vagão de bagagem, acorrentado a um canto, entre malas e canastras empilhadas. Por ali movia-se um hercúleo e barulhento deus, arrastando canastras e caixas para dentro do carro e arrumando-as em pilhas, ou retirando-as brutalmente das pilhas para entregá-las a outros deuses fortes como ele.

E naquele inferno de bagagem fora Caninos abandonado pelo seu senhor! Pelo menos assim pensara o lobo, até o momento em que farejou por ali os sacos de lona do seu deus e, aliviado, colocou-os sob sua guarda.

– Chegou a tempo – grunhiu o deus do carro uma hora mais tarde, quando Weedon Scott apareceu na porta. – Este cachorro não quer deixar-me pôr as mãos nas suas bagagens.

Caninos emergiu do carro. Estava atônito. A cidade-pesadelo fora-se. O vagão tinha sido para ele como um cômodo de casa, e quando ali o meteram, a cidade rumorejante rodeava esse cômodo de todos os lados. Mas essa cidade desaparecera. O ressoar contínuo dos seus barulhos não mais lhe feria os ouvidos. Diante de si abria-se uma paisagem risonha, iluminada de sol, preguiçosa, quieta. Teve pouco tempo para maravilhar-se com a transformação. Aceitou-a, como aceitava todas as indizíveis e incontáveis manifestações de poder dos deuses.

Uma carruagem estava à espera. Um homem e uma mulher aproximaram-se do seu deus. Os braços da mulher passaram-se em torno ao pescoço do seu deus, um ato de evidente hostilidade! Mas logo depois Weedon Scott libertou-se daquele abraço e veio aquietar Caninos, que rosnava qual um demônio.

– Não se assuste, minha mãe – disse ele, enquanto segurava o lobo e o acalmava. – Caninos pensou que a senhora ia hostilizar-me, coisa que de nenhum modo admite. Não tenha medo. Aprenderá tudo rapidamente.

– E nos intervalos poderei abraçar meu filho, quando ele não estiver perto – disse a senhora rindo-se, apesar de ainda pálida do susto e com os olhos no lobo.

– Ele tem que aprender, e aprenderá sem demora – insistia Scott, que ainda às voltas com o lobo procurava acalmá-lo. Depois disse-lhe, com voz firme, de comando:

– Deite-se! Deite-se!

Fora isto uma das coisas que lhe ensinara, e Caninos obedeceu, embora relutantemente e de má vontade.

– Agora, minha mãe.

Scott abriu os braços para a matrona, mas sempre com os olhos no lobo e a repetir a ordem: "Deitado, hein?"

Caninos, que já ia se erguendo, deitou-se de novo e viu repetir-se aquele ato de hostilidade. Mas nada aconteceu a Scott, nem desse abraço nem de outro que lhe deu o homem estranho. Em seguida as malas e sacos foram metidos na carruagem, na qual também os deuses entraram. Caninos seguiu atrás, vigilante, arrepiando-se para os cavalos e avisando-os de que nenhum mal devia acontecer ao deus que eles arrastavam sobre a terra.

Ao fim de quinze minutos, a carruagem entrou por um portão de pedras e seguiu por uma aleia[75] de castanheiros. Lado a lado estendiam-se campos relvosos, sombreados aqui e ali por grandes carvalhos de troncos atarracados. Ao longe viam-se, em contraste com o verde da grama, pastagens de capim seco e, mais longe ainda, colinas ondulantes. No extremo das alamedas, erguia-se uma casa com varanda e inúmeras janelas.

---

75 Aleia: fileira.

Pouca oportunidade teve Caninos de ver tudo isso. Mal a carruagem passou o portão, veio ao seu encontro um cachorro pastor de focinho comprido, afogueado de indignação e cólera. Veio meter-se entre ele e seu amo. Caninos não rosnou nenhuma advertência, mas seus pelos eriçaram-se no preparo da sua costumada réplica. Súbito, deteve-se, retesando-se para trás para quebrar o ímpeto do assalto. Tinha diante de si uma fêmea – e a lei da sua espécie interpunha-lhe uma barreira. Atacá-la seria uma violação de todos os seus instintos.

Mas com a cachorra tudo era diferente. Como fêmea, não possuía esse instinto e sim o do horror ao Wild, e especialmente o do horror ao lobo, o velho inimigo. Caninos era para ela o lobo, o hereditário depredador que assaltava os rebanhos desde o primeiro dia em que um primeiro rebanho foi guardado por um dos seus antepassados. Assim, atirou-se a ele. Caninos rosnou involuntariamente, ao sentir suas presas cravarem-se em seu ombro, mas ficou nisso. Recuou, de pernas esticadas, e procurou colocar-se atrás dela. Inútil. A cachorra o perseguia.

– Aqui, Colie! – gritou o homem estranho que vinha na carruagem.

Weedon Scott sorriu.

– Não se incomode, meu pai. É a boa disciplina que ele está aprendendo. Caninos tem de aprender muita coisa aqui e é justo que comece já. Ele entrará na ordem rapidamente.

A carruagem continuou sua marcha e Colie insistiu em bloquear o caminho do lobo, que procurava livrar-se dela correndo pelo relvado e por todos os meios fugindo a um encontro. Caninos lançou um olhar para o veículo e o viu desaparecendo oculto pelas árvores. Tornava-se desesperadora a situação. Ele fugia em círculo, mas a cachorra não o largava. Súbito, voltou-se para ela de surpresa, numa das suas táticas usuais. Voltou-se, e veio-lhe ao encontro com violenta marrada de peito. A cachorra rebolou por terra e, como estava numa rampa do gramado, degringolou pelo declive abaixo, aos trancos, gritando de susto e de orgulho ofendido.

Caninos não esperou por mais. O caminho estava livre e bastava-lhe isso. Correu para onde parara a carruagem. Lá viu seu senhor descendo daquela caixa e foi de novo atacado. Um cão veadeiro avançara contra ele. Caninos tentou esperá-lo de frente. Era tarde. O inimigo estava muito perto e vinha com grande velocidade; chocou-se contra ele de lado e Caninos caiu. Ao erguer-se, era o lobo antigo em pleno explodir de toda a sua ferocidade.

Scott já vinha correndo para apartar a briga, quando Colie interveio, ainda a tempo de salvar o veadeiro. Chegou no momento em que o lobo ia desferir o golpe fatal, e deu-lhe tal tranco que o fez rolar por terra novamente. A manobra diversionista permitiu que Scott viesse segurar o lobo, enquanto seu pai chamava dali os outros cães.

– Eis uma bem dolorosa decepção para um pobre lobo solitário do norte. Ele que em toda a sua vida de lutas nunca se viu derrubado, foi ao chão aqui já duas vezes em trinta segundos – disse Scott, vindo acalmá-lo com os seus tapas amigos.

A carruagem fora recolhida e novos desconhecidos surgiram de dentro da casa. Alguns permaneciam respeitosos a distância; mas dois deles, mulheres, repetiram aquele ato hostil de apertar Weedon pelo pescoço. Caninos já recebia melhor aquilo agora, vendo que nenhum mal resultava e que os deuses apertados no pescoço não davam gritos, nem faziam gestos ameaçadores. Esses deuses também tiveram amabilidades para com ele, mas foram advertidos e mantidos a distância com um ronco, ao qual o seu senhor juntou várias palavras. Caninos veio encostar-se nele e recebeu a recompensa usual.

O veadeiro, ao grito de "Deita, Dick!" foi estirar-se no patamar da escadaria exterior, ainda rosnando e sempre de guarda à porta contra o intruso. Colie fora segura por uma das mulheres-deusas, que tinha os braços em redor do seu pescoço e a acarinhava; mas Colie, aborrecida e perplexa, latia inquieta, muito sensível ao ultraje da presença de um lobo ali. Certamente que os seus deuses estavam cometendo um grave erro.

Os deuses todos subiram as escadas, com Caninos rente ao seu senhor. Ao vê-lo aproximar-se, Dick, no patamar, rosnou, e o lobo, nos últimos degraus, arrepiou-se e retribuiu à voz desafiadora.

– Leve Colie para dentro a fim de que estes dois decidam sua dúvida – sugeriu o pai de Scott. – Depois da luta ficarão amigos.

– Caninos o matará em segundos – disse rindo-se o moço.

O velho sorriu com incredulidade, primeiro para Caninos, depois para Dick e por fim para seu filho.

– Acha isso?

Weedon fez que sim com a cabeça.

– Acho, ou melhor, sei que é assim. Caninos matará Dick num minuto, no máximo.

E voltando-se para o lobo disse:

– Vamos, lobo. É você quem vai entrar.

Caninos galgou o último degrau e atravessou o patamar com as pernas tensas, a cauda ereta e os olhos em Dick, para resguardar-se de um ataque de flanco, e ao mesmo tempo preparava-se para o que pudesse sobrevir do desconhecido que era o interior das casas. Mas nada saiu dela e logo que entrou percorreu-a toda cuidadosamente. Nada, nada. Deitou-se então com um ronco satisfeito aos pés do seu amo e ali ficou observando a todos que entravam, sempre pronto para saltar sobre os quatro pés e lutar pela vida contra os terrores que pareciam espiá-lo daquela armadilha de teto.

III

O domínio do deus

Caninos não somente era adaptável por natureza como ainda havia viajado muito e conhecia a necessidade da adaptação. Ali em Sierra Vista, que era o nome da propriedade do juiz Scott, começou a achar-se em casa. Cessaram suas rusgas com os cães, os quais conheciam mais dos costumes daqueles deuses do sul do que ele. Aos olhos desses cães, Caninos sentia-se bem qualificado quando acompanhava os deuses para dentro de casa. Apesar de ser lobo, os deuses haviam sancionado a sua presença ali e os cães dos deuses tinham de aceitá-lo.

Depois de alguma resistência e amuo, Dick foi forçado a admitir Caninos como um morador a mais da casa, e teriam acabado amigos, se Caninos não fosse tão avesso à amizade. Tudo quanto pedia aos outros cães limitava-se a uma coisa só: ser deixado em paz. Toda a sua vida passara arredado dos da sua espécie e continuava ainda com o mesmo espírito arredio. As tentativas de aproximação de Dick aborreceram-no e ele as repeliu. Havia aprendido no norte a deixar os cães do seu senhor em paz e não esqueceria essa lição agora. Mas insistia em permanecer só, e tão declaradamente ignorou Dick que este, naturalmente sociável, desistiu de suas tentativas e passou a mostrar tanto interesse por ele como para um mourão de cerca.

Não se deu o mesmo com Colie. Embora aceitasse o lobo ali, já que era da vontade dos deuses, Colie não via razão para deixá-lo em paz. No fundo da sua memória hereditária estava a lista de incontáveis crimes perpetrados pelos lobos contra os seus ancestrais. Não seria num dia, nem em uma geração que essa memória de rebanhos destroçados se atenuaria. Tudo em seu íntimo conduzia à retaliação. Não podia atacá-lo diante dos deuses, mas tudo fazia para lhe atormentar a existência. Uma inimizade secular atravessava-se entre ambos e o aspecto do lobo nunca cessava de a reviver.

Colie abusava do seu sexo para atormentá-lo. O instinto de Caninos impedia-o de revidar e a insistência da cachorra impedia-o de ignorá-la como fazia com Dick. Quando Colie vinha contra ele, Caninos apresentava aos seus dentes agudos a parte mais peluda das espáduas e depois retirava-se com dignidade. Quando ela o forçava muito insistentemente, defendia-se fugindo em círculos, sempre defrontando-a com as espáduas peludas e a cabeça, com expressão de paciência e aborrecimento nos olhos. Muitas vezes, porém, uma dentada mais forte fazia-o apressar a retirada, sempre digna. Não desleixava nunca de manter a sua dignidade, às vezes solene. Procurava ignorar a existência de Colie o mais possível, e conservar-se sempre fora do seu caminho. Quando a via aproximar-se, erguia-se e afastava-se.

Muita coisa foi obrigado a aprender ali. A vida no norte era a própria simplicidade em comparação com o viver complicado de Sierra Vista. Antes de mais nada, teve de aprender sobre a família de seu senhor. De certo modo estava preparado para esta lição. Como Mit-sah e Kloo-kooch pertenciam a Castor Pardo e com ele compartilhavam alimento, fogo e cobertas, assim ali em Sierra Vista todos os moradores da casa pertenciam ao mestre de amor.

Notava diferenças, entretanto, e grandes diferenças. Sierra Vista era algo muito maior e complexo do que a barraca de Castor. Muita gente. O juiz Scott e sua mulher. Bety e Mary, as duas irmãs do seu senhor. A esposa deste, Alice, e depois seus filhos, Weedon e Maud, filhotes de quatro e seis anos. Ninguém lhe poderia explicar as relações de parentesco dessa gente, mas apesar disso Caninos percebeu que formavam o clã do seu amo. Graças a uma observação contínua dos gestos, palavras e entonação de voz, veio a conhecer a intimidade que gozavam em relação a Weedon. E por isso Caninos os tratava com especial deferência. O que tinha valor para seu senhor também tinha para ele.

Foi assim com as duas crianças. Toda a vida detestara crianças. Sempre temera e odiara suas mãozinhas. Não foram suaves as lições aprendidas nas aldeias índias relativas à tirania e crueldade desses filhotes de deuses. Quando, no começo, Weedon Júnior e Maud chegavam perto dele, por instinto roncava e os olhava com malignidade. Um castigo do seu senhor, porém, e palavras duras haviam-no compelido a permitir que elas o tocassem e com ele brincassem, embora não pudesse evitar a emissão de rosnidos sem aquela nota que lhes mudava a significação. Mais tarde observou que o menino e a menina eram tidos em alta conta pelo seu amo. Passou então a tolerá-los sem nenhuma irritação.

Caninos, porém, nunca foi efusivo em suas afeições. Submetia-se aos filhotes do seu senhor com resignação e suportava seus brinquedos como o doente suporta uma operação cirúrgica. Quando a brincadeira se tornava excessiva, reagia retirando-se para longe. Com o tempo, entretanto, chegou até a gostar de crianças, mas sem o demonstrar. Não as procurava e se as via virem em sua direção não lhes saía ao encontro. Melhorou ainda mais neste pormenor. Chegou a mostrar um certo brilho de satisfação nos olhos quando as crianças se aproximavam, e também desapontamento quando o deixavam para correr para outro brinquedo.

Era o desabrochar da sua nova natureza, que se fazia com lentidão. Depois das crianças foi o juiz Scott quem mais lhe entrou no agrado. Por duas razões: pelo respeito com que seu senhor tratava o juiz e por ser muito reservado de maneiras. Caninos gostava de deitar-se aos seus pés, quando o velho lia o jornal na varanda, favorecendo-o de vez em quando com um olhar ou uma palavra. Isto, porém, unicamente quando seu senhor estava ausente. Logo que Scott aparecia todos os demais se apagavam.

Caninos deixou, por fim, que todos da casa o tocassem com gestos amigos, embora não retribuísse as gentilezas de ninguém, como fazia com o seu deus. Carícia alguma dos outros despertava de sua garganta aquela nota amorosa, nem o levava a vir aninhar a cabeça. Esta suprema expressão de abandono e confiança só a merecia o seu deus. Para Caninos todos os outros seres da casa não passavam de simples propriedades do seu deus.

A diferença entre os membros da família e os criados foi facilmente apreendida. Os criados tinham-lhe medo, e ele a custo refreava-se de atacá-los. Não o fazia por considerá-los também como propriedades do seu senhor. Entre Caninos e os criados estabeleceu-se um tácito convênio de neutralidade, nada mais. Eles preparavam os alimentos do senhor, lavavam os pratos e faziam as demais coisas que se acostumara no Klondike a ver feitas por Matt. Eram apêndices secundários da casa.

Fora do solar houve muita coisa que Caninos teve de aprender. Os domínios de seu amo eram amplos e complicados. Mas tinham limites. O terreno possuído cessava na estrada de rodagem. Fora dele começava o domínio comum de todos os outros deuses – ruas e caminhos; e além dos muros ficavam outros domínios pertencentes a outros deuses. Inúmeras leis governavam aqueles domínios e determinavam modalidades nas condutas do lobo, que desconhecendo a linguagem dos deuses tinha de aprender tudo à custa de pequenas experiências. Em regra, obedecia aos seus impulsos naturais até que uma oposição lhe mostrasse a existência duma lei. Uma, duas experiências bastavam para consolidar em seu espírito o reconhecimento dessa lei.

A maior força que se fazia sentir na sua educação era constituída pela voz do seu deus. Pela voz e pela mão. Um tapa de Scott o feria mais que o mais terrível espancamento de Castor Pardo ou Beauty Smith. Estes feriam-no apenas na carne, deixando o espírito esplendidamente insubmisso. Mas um tapa de Scott feria fundo, embora fosse quase insensível à carne. Era o meio enérgico de seu deus manifestar desaprovação.

Raro Scott recorria aos tapas. Bastava no comum dos casos o som da sua voz para fazê-lo entrar em ordem. A voz de Scott era a bússola por meio da qual Caninos se guiava no mapa da sua nova vida.

Nas terras do norte, o único animal doméstico existente era o cão. Todos os outros seres viviam no Wild, e quando não muito fortes constituíam presa permitida para os cães. Durante toda a sua vida por lá, Caninos remexera por entre as coisas vivas em busca de alimento, e ao vir para o sul não lhe passou pela cabeça que ali fosse diferente. Teve que aprender isso depressa, no solar de Sierra Vista. Uma vez em que deitara rente à casa deu com uma franga que havia escapado do galinheiro. Como o impulso natural mandasse comê-la, de um salto Caninos a ferrou nos dentes. Carne macia e gostosa, pensava enquanto ia devorando-a. Nesse mesmo dia encontrou uma outra perto dos estábulos e avançou. Um tratador de cavalos acudiu em socorro da ave e, desconhecendo a índole do lobo, trouxe como arma um chicote. À primeira chicotada Caninos largou a franga e foi em direção ao homem. Um pau o teria feito vacilar, mas nunca um chicote. Sem um latido, na sua velha maneira silenciosa, Caninos atirou-se à garganta do homem. "Meu Deus!" exclamou este recuando, e instintivamente cruzando os braços em defesa do pescoço. Livrou assim a garganta, mas não escapou de ter a cara lanhada fundo.

O homem apavorou-se enormemente, sobretudo com o silêncio do ataque. Com os braços sempre em defesa da garganta, recuou, fugiu para dentro do estábulo e o incidente não teria ficado nisso se Colie não interviesse, salvando a vida do tratador como já havia salvo a de Dick. Colie lançou-se ao lobo num frenesi de fúria, certa de que suas ideias sobre o lobo se confirmavam apesar do que dele pensavam os deuses. Estava ali fazendo das suas, o eterno malfeitor do Wild.

O tratador escapou como pôde, enquanto Colie atacava Caninos, o qual repetiu a sua defesa de costume, apresentando-lhe a espádua e fugindo em círculos. Por fim, como Colie insistisse em pegá-lo, Caninos, como das outras vezes, fugiu correndo pelos campos.

– Ele aprenderá a não tocar nas galinhas – disse Scott – mas eu tenho de dar-lhe essa lição no ato do flagrante.

Duas noites mais tarde chegou o momento. Caninos havia observado atentamente os galinheiros e os hábitos das aves. Depois que escureceu e as galinhas se empoleiraram, ele trepou a um monte de lenha erguido junto ao cercado. Dali saltou para dentro do galinheiro e começou a matança.

De manhã, quando seu senhor apareceu na varanda, cinquenta legornes[76] brancas jaziam no chão, enfileiradas por um dos moços que cuidava da estrebaria para que Scott visse bem claro o crime cometido.

Scott espantou-se e logo viu Caninos aproximar-se cheio de orgulho da obra feita. Tinha consciência apenas de ter praticado uma caçada linda. Scott mordeu os lábios. Ia ser forçado a uma tarefa desagradável: castigar um inocente. Fê-lo. Ralhou com o lobo asperamente, pondo nas palavras um tom de ira divina. Também apertou o seu focinho de encontro às galinhas mortas ao mesmo tempo que lhe batia uma série de tapas na cabeça.

---

[76] Legorne: raça de galinhas poedeiras.

Depois disso, Scott o levou para dentro do cercado e lhe contrariou com ordens enérgicas o seu natural impulso de arremessar-se contra as coisas vivas que corriam esvoaçantes em torno dele. Esteve dentro do cercado por meia hora. O impulso a vez por outra retornava e Scott fazia ouvir a sua voz de comando. Aprendeu ele assim a lei. Tinha de reconhecer que era ali o domínio das aves e que ele havia de ignorá-las.

– Ninguém corrige um matador de galinhas – dissera o juiz Scott à mesa quando seu filho contou o episódio e a lição dada ao lobo. – Quando experimentam o gosto do sangue...

Weedon Scott discordou.

– Vai ver, meu pai. Vou fechar Caninos no galinheiro por toda uma noite.

– Será um desastre, meu filho – objetou o juiz. – Vão-se as galinhas todas.

– E ainda mais – disse o moço. – Para cada galinha que ele matar pagarei um dólar-ouro.

– Se é uma aposta, papai também tem de perder alguma coisa, se não sair certo como ele diz – advertiu Beth.

A outra moça veio em apoio de Beth e logo um coro aprovativo se ergueu da mesa. O juiz Scott fez que sim com a cabeça.

– Está bem – ponderou Weedon Scott. – Vejamos isto. Se Caninos ficar lá uma noite e nada fizer para as aves, meu pai terá de dizer a ele, gravemente, como se estivesse no tribunal dando uma sentença: "Caninos, você vale muito mais do que eu supus."

Scott prendeu-o no galinheiro e retirou-se. Toda a família de diversos pontos pôs-se a espiar a cena inevitável. Caninos, porém, logo que Scott desapareceu, deitou-se para dormir. Mais tarde ergueu-se, foi ao bebedouro e saciou a sede. Era como se não existissem galinhas ali. Em seguida galgou o telheiro de um salto e fugiu do galinheiro, encaminhando-se gravemente para a casa. Tinha aprendido a lei, e de nenhum modo a infrigiria.

Ao penetrar na varanda onde estava reunida a família, viu o grave juiz inclinar-se para ele e dizer solenemente: "Caninos, você vale muito mais do que eu supus.".

A multiplicidade de leis, entretanto, atrapalhava Caninos e o fazia meter-se em embaraços. Teve também de aprender a respeitar as aves dos outros deuses. E em seguida também os gatos, coelhos e perus; por fim, depois que aprendeu leis particulares, verificou que tinha de deixar em paz todas as coisas vivas. E ficou de tal modo respeitoso, que uma perdiz podia levantar-se diante do seu focinho sem que nada lhe acontecesse. Apesar de eletrizado pelo desejo, dominava seus instintos, obedecendo desse modo à vontade dos deuses.

Certa vez viu Dick levantar e correr em direção de um coelho num dos prados vizinhos. Seu senhor viu aquilo e deixou. Mais que isso, instigou Caninos para que também entrasse na caçada. Desse modo ele ficou sabendo que os coelhos do mato não eram sagrados como os de casa, e deduziu a lei que governava aquelas diferenças. Não devia haver hostilidades entre ele e os animais domésticos quaisquer que fossem. No mínimo devia guardar neutralidade. Mas as outras coisas vivas – esquilos, perdizes, codornas – eram criaturas do Wild que não haviam feito alianças com o homem e, portanto, constituíam presas permitidas aos cães. Os deuses só protegiam aos domesticados, com direito de vida e de morte sobre eles.

O viver era complexo no vale de Santa Clara, em comparação com as simplicidades das terras do norte, e a primeira coisa requerida pelas complicações da civilização era controle, seguríssimo domínio sobre si próprio. O mundo civilizado tinha milhares de aspectos e Caninos era forçado a tomá-los todos em consideração. Via isso quando trotava atrás do carro do seu senhor nas idas à cidade próxima de São José ou quando ficava flanando pelas ruas depois que o carro estacionava em algum ponto. Ondas de movimento fluíam em redor dele. Vida. Vida profunda, ampla, variadíssima, continuamente ferindo seus sentidos e exigindo ajustamentos rápidos e forte recalque dos velhos instintos.

Lá estavam os açougues com abundante carne dependurada de ganchos ao seu alcance. Mas não podia tocar naquela carne. Era a lei. E havia gatos nas casas que seu senhor visitava, aos quais tinha de respeitar. E havia cães por toda a parte, que tinha de deixar em sossego. E havia gente inúmera pelos passeios, gente que atentava nele cheia de curiosidade. Homens paravam para examiná-lo, apontavam-no uns para os outros e, o que era pior, acariciavam-no. Tinha de suportar todos aqueles perigosos contatos de mãos desconhecidas. Aceitava-os, dominava-se e ia assim recebendo atenções de inúmeros deuses estranhos. Caninos tornara-se condescendente, mas tinha qualquer coisa que impedia a familiaridade excessiva. Os que lhe batiam tapas amigos seguiam seu caminho orgulhosos da coragem.

Nem tudo era fácil para Caninos. Trotando atrás do carro de Scott à entrada de São José, era frequente encontrar filhotes de deuses que se divertiam em lhe lançar pedras. Mas nada podia fazer contra os pequeninos inimigos. A lei não lhe permitia que desse vazão ao básico instinto de conservação. E era assim, violando esse instinto, que Caninos se domesticava, adaptando-se à civilização.

Apesar disso não se mostrava muito satisfeito com aquele arranjo, porque não possuía ideias abstratas de justiça. Um certo senso de equidade, inato nas criaturas, fazia-o ressentir a injustiça de não poder revidar contra quem lhe lançava pedras, porque havia no seu pacto de submissão aos deuses o dever por parte destes de cuidar dele e defendê-lo. Um dia, porém, Scott deixou o carro de chicote na mão e espalhou os atiradores de pedras a lambadas. Os meninos desde então deixaram Caninos em paz e satisfeito com a conduta do seu senhor.

Outra experiência da mesma natureza: nas suas idas à cidade, três cães moradores de uma taverna do caminho costumavam atacá-lo. Caninos não reagia, conhecedor que era da vontade do seu deus. Certa vez o dono da taverna chegou a ponto de instigar contra ele os três cães. Scott, então, parou o carro e gritou para Caninos:

– Pega!

Caninos compreendeu a ordem, mas não acreditou no que ouvia. Olhou para Scott e depois para os cães. Em seguida olhou de novo para Scott interrogativamente.

Scott repetiu a ordem, fazendo um gesto confirmativo de cabeça.

– Pega, Caninos! Vamos, dê-lhes uma lição.

O lobo não mais hesitou. Voltou-se e lançou-se contra os inimigos na forma silenciosa de costume. Os três cães enfrentaram-no. A luta foi tremenda e uma nuvem de pó se ergueu. Instantes depois um cão apenas estava com vida, e em fuga velocíssima pelos campos vizinhos com o lobo atrás. Inutilmente. Caninos agarrou e matou esse último inimigo.

Com essa tríplice vitória, seus problemas com os cães cessaram. A notícia correu, e quem tinha cachorro pelas redondezas tratava de impedi-lo de molestar o "Lobo Lutador".

IV

O apelo da espécie

Os meses iam se passando. Havia abundância de comida e pouco trabalho na Califórnia, de modo que Caninos vivia gordo, próspero e feliz. Não estava apenas geograficamente nas terras cálidas do sul; biologicamente também residia nelas. A bondade humana era como um sol a aquecê-lo com seus raios de ouro, de modo a pô-lo a florir como planta enraizada em terra fértil.

Apesar disso, Caninos mostrava-se um tanto diferente dos outros cães. Conhecia as leis mais minuciosamente do que eles, e as observava com mais rigor; mas mesmo assim seu aspecto sugeria ferocidade, porque o lobo persistia nele, não morto, mas apenas adormecido.

Nunca fez camaradagem com os outros cães. Sempre vivera solitário entre os da sua espécie, e solitário queria continuar a viver. Na juventude, quando Lip-lip e a matilha infantil o perseguiam sem dó, e mais tarde, durante a sua fase de lutador, adquirira uma invencível aversão pela raça canina. Não se ligava de nenhum modo a cães.

Todos os cães do sul olhavam-no com olhos suspeitosos. O lobo despertava neles o velho e instintivo medo do Wild, de modo que sempre o recebiam com eriçamento de pelos e rosnidos de ódio. Por outro lado, Caninos verificou que não era necessário usar contra eles os dentes. Bastava um arreganho. Bastava mostrar as presas terríveis para que todos os cães fugissem ganindo.

Colie, entretanto, permanecia o tormento da sua vida. A cachorra não lhe dava tréguas, não sendo tão submissa à lei como ele. Colie inutilizava todos os esforços de Scott para que a paz, ou pelo menos a neutralidade reinasse entre ambos. Caninos tinha sempre nos ouvidos a sua voz colérica. Colie nunca lhe perdoara a matança das galinhas, tratando-o como se não passasse de um perfeito malfeitor. Tornou-se uma verdadeira peste, um policial que o mantinha sob vigilância por toda a parte, nos estábulos e no campo; se o via olhar muito naturalmente para um pombo ou frango, rompia logo num tumulto de indignação. Caninos habituou-se a ignorá-la de um modo especial, deitando-se com a cabeça entre as patas e fingindo dormir. Era a única coisa que deixava Colie quieta.

Com exceção de Colie, tudo mais lhe corria a contento. Tinha aprendido a dominar-se e conhecia bem a lei. Daí a sua calma e filosófica tolerância. Já não vivia num ambiente hostil. Perigos de morte não o espiavam de todos os lados. Com o tempo, o desconhecido, aquele terror-pânico que tanto o atormentara, desaparecera. A vida lhe corria doce e fácil. Corria, deslizava serena, sem que o medo ou o inimigo o tocaiasse pelo caminho.

Sem dar por isso, Caninos sentia falta da neve. "Um verão excepcionalmente longo", devia ser a sua ideia daquele clima do sul. Mas sentia falta da neve de um modo vago e inconsciente. Nos dias calmosos de estio vinha-lhe uma espécie de saudade das terras do norte, e ficava inquieto, aborrecido, sem poder definir o que realmente queria.

Já vimos como Caninos era pouco demonstrativo. Afora aquele seu jeito de encostar a cabeça ao corpo de Scott, e afora a nota nova que vibrava em seus rosnidos de amor, o lobo não sabia como expressar emoções. Ao cabo de certo tempo, entretanto, descobriu um novo meio. O riso sempre o pusera fora de si e em tremendos acessos de raiva. Mas não podia encolerizar-se contra seu deus, o qual costumava rir-se para ele nos momentos de bom humor. Caninos sentia brotar dentro de si a cólera, logo subjugada pelo sentimento de amor. Não podia encolerizar-se, sim, mas teria de fazer outra coisa qualquer. A princípio reagiu mostrando-se sério, com a dignidade ofendida. Seu senhor riu-se mais ainda e ele aumentou a pose de dignidade. Por fim mudou e, quando o amo ria-se, Caninos passou a imitá-lo. Sua boca abria-se levemente, seus lábios se repuxavam, com o conjunto facial desenhando uma expressão nova. É que também aprendera a rir.

Aprendeu igualmente a brincar com Scott, a rolar com ele em luta simulada e mais coisas. Fingia cólera, então, arrepiando-se, rosnando e dando botes ferozes. Apenas de brincadeira, sem jamais se esquecer disso. Esses botes somente apanhavam o ar. Por fim, quando em tais brincadeiras ambos se excediam a ponto de machucarem-se, paravam de súbito, um olhando para o outro. E como o sol que aparece depois da tempestade, riam-se gostosamente. As lutas sempre terminavam com o braço de Scott em torno ao seu pescoço.

Caninos só brincava com Scott. A ninguém mais permitia isso, e se alguém tentava, fazia-se digno, severo, chegando a rosnar e a arrepiar-se, caso o imprudente insistisse. O fato de permitir ao seu senhor essas liberdades não era razão para o confundirem com um cão vulgar, desses que servem de brinquedo e divertimento a todo o mundo. Caninos não vulgarizava, nem barateava o seu amor.

Nos seus passeios a cavalo, Scott era sempre seguido por Caninos, que considerava isso um dos seus principais deveres na vida. Nas terras do norte, pudera demonstrar a sua fidelidade ao amo com o trabalho no trenó; ali, porém, não havia trenós, nem outra espécie de tarefa atribuída aos cães. Assim, tratava de demonstrar a sua fidelidade por outros meios, e o principal era correr atrás do seu senhor. Jamais se cansava. Por maior número de quilômetros que Scott andasse, ele o seguia sempre no seu trote de lobo, junto ao cavalo, qual uma sombra.

Num desses passeios descobriu um novo modo de exprimir sentimentos, que aliás só empregou duas vezes em toda a sua vida. Ocorreu isso certo dia em que seu senhor estava treinando um cavalo novo a ajeitar-se à porteira que era necessário abrir. O cavalo resistia. Vezes e vezes Scott o colou à porteira, de modo que pudesse puxá-la, mas o animal espantava-se e fugia. E o cavaleiro dava-lhe de esporas, fazendo-o espantar-se ainda mais e pinotear. Caninos olhava para aquilo com grande ansiedade. Por fim, não podendo mais conter-se, saltou para a frente do cavalo e latiu com ferocidade, como que o advertindo. Foi o seu primeiro latido.

Tentou repetir essa voz outras vezes, mais tarde, ao estímulo do seu amo, mas inutilmente. Só o conseguiu de novo no dia em que Scott sofreu uma queda do cavalo e quebrou a perna, em consequência da súbita passarinhada[77] do animal, assustado por um coelho que lhe surgiu sob as patas. Caninos lançou-se à garganta do cavalo e só se deteve ao grito do seu senhor.

Scott estava caído, sem poder erguer-se do chão.

– Para casa! Vai para casa! – ordenou ele ao lobo, que assim levaria aviso do desastre aos criados.

Caninos compreendeu a ordem, mas não teve ânimo de largar ali o seu deus. Scott lembrou-se de escrever um bilhete. Não encontrando lápis nem papel nos bolsos, insistiu na ordem primitiva. Ordenou a Caninos que fosse para casa.

Caninos olhou-o pensativamente e partiu. Após alguns passos

---

[77] Passarinhada: corcovo que a montaria dá por efeito de susto.

voltou, uivando baixinho. Scott falou-lhe amigavelmente, mas com energia e de modo sério. Ordenou-lhe que fosse para casa.

– Vai para casa, velho amigo – disse-lhe ele. – Vai contar o que me aconteceu. Já para casa, lobo!

Caninos sabia a significação de "casa" e embora não alcançasse o sentido das outras palavras, percebeu que seu amo queria que ele retornasse ao solar. Partiu novamente, relutante. Detinha-se de vez em quando e olhava para trás, ainda indeciso.

– Para casa! – insistia sempre Scott, e Caninos afinal decidiu-se. Voltou para o solar no galope.

A família estava reunida na varanda quando ele chegou, ofegante, coberto de pó.

– Weedon está aí – murmurou a mãe do moço, certa de que Scott acabava de chegar do seu passeio, e as crianças vieram correndo festejar o lobo. Caninos evitou-as. Elas o rodearam, impedindo a sua passagem. Ele rosnou e empurrou-as, insistindo em passar. A mãe dos meninos mostrou-se apreensiva.

– Tenho medo desses modos de Caninos – disse ela. – É capaz um dia de morder as crianças.

Naquela luta, Caninos acabou derrubando um dos meninos, o que fez a sra. Scott acudir e ralhar. Que deixassem o lobo em paz, que não brincassem mais com ele.

– Um lobo é sempre um lobo – decretou sentenciosamente o juiz. – Não devemos confiar muito nele.

– Mas Caninos não é inteiramente lobo – disse Beth, que sempre defendia Caninos na ausência do irmão.

– Assim pensa Scott, mas só ele – replicou o juiz. – Scott supõe que há um pouco de sangue de cão nesse lobo. Supõe. Guia-se pelas aparências. Além disso...

O juiz não pôde concluir. Caninos estava à sua frente, roncando feroz.

– Passa fora! – gritou o velho.

Caninos voltou-se para a esposa do seu deus, a qual gritou de pânico ao vê-lo agarrar sua saia e puxá-la com tanta força que a fazenda se estraçalhou. Aquilo principiava a ser demais. Estranho em demasia. O lobo cessara de roncar, mas erguera a cabeça e olhava para todos com uma expressão indizível. Sua garganta tinha movimentos espasmódicos, convulsa pelo esforço de comunicar qualquer coisa grave.

– Parece que está ficando louco! – disse a mãe de Scott. – Bem que eu disse a Weedon que este clima seria fatal a um lobo do norte.

– Não, mamãe – gritou Beth. – Ele está apenas experimentando falar.

Nesse momento a voz saiu da sua garganta e Caninos latiu, latiu...

– Alguma coisa aconteceu a Weedon! – exclamou sua esposa com um pressentimento.

Estavam todos de pé, já ansiosos, e Caninos desceu a escadaria, olhando para trás, como a pedir que o seguissem. E pela terceira vez na sua vida latiu, fazendo-se afinal entendido.

Depois deste incidente, Caninos foi recebido no coração de todos os moradores do solar, mesmo no do cocheiro que ele havia cruelmente tratado. Convenceram-se de que, com toda a aparência de lobo, Caninos tinha alma de cão. O juiz Scott adotou esse parecer e procurou prová-lo a quantos duvidavam por meio de medidas e assinalamentos tomados de várias enciclopédias e histórias naturais.

Os dias passavam-se, sempre quentes, com aquele eterno sol do sul. Mas o verão ia chegando ao fim e os dias já se mostravam mais curtos. Por fim chegou o inverno, durante o qual Caninos fez uma estranha descoberta. Colie mudava de gênio. Seus dentes não mais se arreganhavam contra ele. Havia mais gentileza em suas maneiras, o que o fez esquecer-se de todos os tormentos com que ela o mimoseara.

Certo dia Colie o convidou para uma caçada nas pastagens circunvizinhas e matas próximas. Era de tarde e Scott estava com o cavalo arreado à porta para um passeio. Caninos hesitou. Seu dever era acompanhar seu senhor, mas algo de muito profundo nele, mais forte que a lei dos homens que ali aprendera, impelia-o a aceitar o convite de Colie. E aceitou. E enquanto Scott pela primeira vez dava o seu passeio a cavalo sozinho, Caninos e Colie corriam dentro da mata, como sua mãe Kiche e Caolho haviam corrido anos atrás, nas florestas silenciosas das terras do norte.

V

O lobo sonolento

Por esse tempo os jornais andavam cheios de notícias sobre a audaciosa fuga de um criminoso encerrado na prisão de San Quentin. Tratava-se de um homem feroz. Um malformado ao nascer. Não nascera na lei, no normal e não havia sido melhorado pela moldagem que recebera do mundo. As mãos do mundo são ásperas e esse homem sabia disso. Uma fera. Uma fera humana.

Na prisão de San Quentin mostrara-se incorrigível. Nenhum castigo conseguia quebrar o seu espírito. Podiam matá-lo na tortura, mas nunca domá-lo. Mais o castigavam, mais ele reagia e requintava de maldade. Pancadas, privação de alimentos, o que quer que fosse não conseguia dobrar Jim Hall. Aquilo não era apenas um prolongamento do que sempre tivera desde a meninice, na favela onde nascera, e quando sua argila ainda estava passível de modelagem.

Foi durante o terceiro ano de seu encarceramento que Hall defrontou um guarda quase tão feroz como ele. Esse guarda tratava-o com dura injustiça, mentia contra ele para os chefes, desmoralizava-o, perseguia-o sem cessar. A diferença entre ambos era apenas que um trazia uma penca de chaves e um revólver na cinta enquanto o outro só dispunha das mãos nuas e dos dentes. Mesmo assim Hall achou jeito de lançar-se contra o guarda e cravar-lhe os dentes na garganta, como fazem as feras do Wild. Depois disso foi encerrado na cela dos incorrigíveis. Cubículo de aço – o teto, as paredes, o chão. Nunca mais foi retirado dali. Nunca mais viu céu ou sol. O dia era-lhe uma penumbra e a noite, um silêncio. Estava realmente encerrado num túmulo de ferro, enterrado vivo. Quando lhe lançavam pelas grades a comida, Hall rugia como animal enjaulado. E odiava a todas as coisas. Sua vida era odiar a tudo, ao universo. Por meses não dava um sinal de vida que não fosse um sinal de ódio. Era um homem de uma monstruosidade horrenda.

Certa noite fugiu. O diretor da prisão achava isso impossível, mas o cubículo estava deserto e fora via-se o cadáver de um guarda. Mais adiante, outros guardas mortos assinalavam a passagem da fera.

Hall armara-se com as armas tomadas dos guardas mortos, e, verdadeiro arsenal vivo, habilitou-se a fugir pelos montes, desafiando a quantos a sociedade enviasse contra ele. Sua cabeça foi posta a prêmio. Lavradores da área, em pânico, puseram-se a caçá-lo armados de rifles. O sangue daquele homem podia ser para eles um bom negócio; poderiam, com o prêmio, pagar uma hipoteca ou mandar um filho para o colégio. Uma grande matilha de cães foi posta na pista de Jim. Gente da cidade vinha percorrer as matas com suas carabinas. Caçadores de homens a serviço da lei, gente paga para lutar contra os inimigos da sociedade punham em jogo todos os recursos da civilização para apanhar a fera: trens especiais, telefone, telégrafo, isso dia e noite.

Jim Hall era às vezes alcançado pelos perseguidores e heroicamente os enfrentava entrincheirado atrás de cercas e troncos, para grande satisfação das pessoas da cidade que no outro dia liam nos jornais as notícias sensacionais. Houvera já mortos e feridos, mas novos combatentes se apresentavam para prosseguir na caçada.

Súbito, Jim Hall desapareceu. Os cães procuravam a sua pista inutilmente. Inofensivos rancheiros, em remotos vales, eram agarrados por homens armados e obrigados à identificação. Em vários pontos e ao mesmo tempo os ansiosos caçadores, de olho no prêmio, descobriam pistas novas.

Nesse entremeio, os jornais eram lidos em Sierra Vista com grande interesse e ansiedade. As mulheres mostravam-se apavoradas e o juiz Scott fingia zombar desse terror, pois fora ele quem havia sentenciado Jim Hall nos últimos dias da sua magistratura, e o bandido jurara vingar-se. Jim realmente não era culpado do crime que lhe atribuíam. A polícia tinha "arranjado" o processo porque desejava ver-se livre dele, e o juiz, em vista de duas condenações anteriores, o sentenciou a trinta anos de prisão.

O juiz Scott fora iludido pela polícia, e jamais suspeitou ter sido comparsa de uma conspiração bem tramada, à custa de falsos testemunhos, e por outro lado Jim não sabia da inocência do juiz, julgando-o em conchavo com a polícia. Ao ouvir a sua condenação, ergueu-se do banco dos réus e urrou o seu ódio contra o juiz, sendo dali arrastado por meia dúzia de inimigos de farda. Agora estava livre...

Caninos ignorava tudo isto, mas entre ele e a mulher do seu senhor havia se estabelecido uma aliança secreta. Todas as noites, depois que a família inteira se recolhia, a moça punha Caninos para dormir no saguão. Mas como o lobo não fosse animal caseiro e não tivesse licença de dormir dentro de casa, toda manhã muito cedo ela erguia-se antes dos outros para deixá-lo sair.

Numa dessas noites, enquanto toda a casa dormia, Caninos acordou e deixou-se ficar onde estava, muito quieto. Súbito, farejou no ar a aproximação de um deus estranho, e logo ouviu sons que vinham desse intruso. Caninos não rompeu em latidos furiosos, como o faria qualquer cão de guarda. Não era do seu hábito. Um deus estranho vinha entrando cautelosamente, e mais cautelosamente ainda Caninos se pôs a observar-lhe os movimentos. No Wild, havia caçado coisas vivas infinitamente tímidas, e, pois, conhecia as vantagens do ataque de surpresa.

O deus intruso deteve-se ao pé da grande escadaria que levava aos dormitórios e ficou à escuta. Caninos, imóvel como se estivesse morto há semanas, o espreitava. Aquela escada ia ter aos aposentos do seu mestre de amor e dos outros que lhe eram íntimos. Caninos arrepiou-se, mas não fez nenhum movimento. O deus intruso ergueu um pé. Ia subir a escada.

Caninos então o atacou com o seu ímpeto usual, sem nenhum aviso. Caiu de golpe sobre as costas do bandido, abraçando-o e cravando-lhe os dentes na nuca.

A família despertou alarmada. O barulho da luta que se travava embaixo dava a impressão de estarem engalfinhados uma dúzia de demônios. Soaram tiros de revólver. Ouviu-se um urro de dor, seguido de grugulejos.

Foi pouco duradouro o tumulto. Ao final de três minutos extinguiu-se e todos da casa atreveram-se a aparecer. Do topo da escadaria viram embaixo um vulto que se contorcia nas vascas da morte.

Weedon fez luz e, acompanhado de seu pai, desceu de revólver na mão. Não foi necessário usar a arma. Caninos fizera trabalho completo.

Jim Hall! – exclamou o juiz vendo o cadáver do criminoso com a garganta rompida, num lago de sangue.

Depois voltou-se para Caninos, que também jazia por terra. Tinha os olhos fechados, mas estremecimentos corriam-lhe pelo corpo e a cauda se agitava de vez em quando. Weedon acariciou-o e ouviu sair de sua garganta ferida uma tentativa do rosnido amigo. Logo, porém, desistiu e seus olhos fecharam-se completamente.

– Morreu o meu pobre lobo! – exclamou Scott.

– Havemos de verificar isso – disse o juiz correndo ao telefone. Veio o cirurgião.

– Com franqueza direi que só tem uma probabilidade em mil – disse ele depois de lidar com Caninos por mais de uma hora.

O dia vinha rompendo. Com exceção das crianças, toda a casa estava reunida em torno do médico para lhe ouvir a sentença.

– Uma perna quebrada – foi dizendo ele – três costelas partidas, uma das quais, pelo menos, penetrou no pulmão. Já perdeu quase todo o sangue e há probabilidade de lesões internas. Isto para não falar dos três furos de balas que lhe vejo na pele. Uma chance em mil creio que é ser otimista. Uma em dez mil, talvez.

– Temos que fazer tudo para salvá-lo – exclamou o juiz –, ainda que só haja uma chance em duzentas mil. Fazer tudo, tudo, sem olhar para despesas. Radiografia, tudo! Weedon, telegrafe imediatamente para São Francisco chamando o dr. Nichols. Não se ofenda, meu caro doutor, mas como temos uma só chance em dez mil, não podemos desprezar coisa nenhuma.

O cirurgião sorriu com indulgência.

– Compreendo, e ele merece. Este doente tem que ser tratado como criatura humana, como uma criança enferma. Não se esqueçam de lhe tomar a temperatura, como expliquei. Amanhã, às dez, estarei aqui de novo.

Caninos foi tratado como gente. A lembrança do juiz Scott de ser chamada uma enfermeira profissional viu-se repelida com indignação pelas moças da casa, ansiosas de desempenharem elas mesmas essa alta missão. Todos esses cuidados fizeram com que o lobo vencesse a partida, apesar de só ter uma probabilidade em dez mil, como afirmara o cirurgião.

Esse médico, entretanto, não merecia censura por ter julgado tão mal. Durante toda a sua vida só lidara com criaturas de organismo enfraquecido pela civilização. Comparadas com Caninos, eram de fragilíssima resistência. O lobo procedia diretamente do Wild, onde a vida é uma seleção contínua que destrói implacavelmente o fraco. Nenhuma debilidade havia em seus pais, nem nos pais dos seus pais. Herdara, pois, uma constituição de ferro, sem ponto fraco, à qual a vida se agarrava com incrível tenacidade.

Conservado na enfermaria como um prisioneiro, o corpo imobilizado pelas ataduras e moldes de gesso, tudo aceitou ele com paciência por várias semanas. Dormia longas horas e sonhava; através do seu cérebro revivia sem cessar cenas e paisagens das terras do norte. Todo o seu passado foi assim revisto. A infância passada na caverna com Kiche, o encontro de Castor Pardo e a sua submissão, os tormentos que Lip-lip e os outros lhe fizeram sofrer.

Caninos em sonhos trotava em silêncio pela floresta à cata de coisas vivas durante a temporada de fome; corria à frente do grupo com a matilha furiosa a persegui-lo e Mit-sah gritando no trenó "Aaa! Rasa!" sempre que os cães fechavam o leque da formação ao passarem por um caminho estreito. Reviveu os dias de pesadelo do tempo de Beauty Smith, quando nada mais fazia senão lutar, e da sua garganta saíam uivos lúgubres sempre que o sonho revivia algum doloroso passo dessa vida de horrores.

Um pesadelo sobretudo o atormentava muito: o clangor dos monstruosos carros elétricos que aos seus olhos pareciam como outros tantos gigantescos linces. Via-se de emboscada numa moita, tocaiando um esquilo das árvores quando de súbito o animalzinho lançava-se sobre ele transformado em carro elétrico, ameaçador e terrificante, como montanha que cai por entre roncos metálicos e jatos de luz violenta. O mesmo acontecia quando seu sonho recordava a cena do milhafre no céu. O milhafre transformava-se de súbito em bonde elétrico e de lá do alto se arrojava sobre ele, qual tufão. Outras vezes via-se de novo no cercado de Beauty Smith. Fora, homens reunidos, à espera das lutas. Ficava olhando para a porta por onde devia entrar o seu contendor. A porta afinal abria-se e... o bonde elétrico, o apavorante monstro tonitruante[78] projetava-se na arena. Estes pesadelos repetiram-se inúmeras vezes, torturando-o cruelmente.

---

78 Tonitruante: que troveja; atroador.

Chegou afinal o dia em que as ligaduras foram retiradas. Dia de gala. Toda a gente de Sierra Vista reuniu-se em torno do lobo. Scott coçava-lhe a base da orelha, provocando aquele rosnido de amor tão seu conhecido.

Caninos tentou erguer-se sobre as patas e após várias tentativas quedou-se deitado como antes. Muito fraco ainda. Estivera tantos dias imóvel que seus músculos emperraram. Caninos sentiu-se vexado com tamanha fraqueza, como se estivesse traindo os seus deuses. E espicaçado por esta ideia, fez novo esforço e conseguiu manter-se em equilíbrio sobre as patas dianteiras.

– Abençoado lobo! – exclamaram as mulheres.

O juiz Scott olhava para ele com ar de triunfo e comentou a exclamação das mulheres, dizendo:

– Isso mesmo. É o que penso. Nenhum simples cachorro teria feito o que ele fez. É lobo, portanto.

– Abençoado lobo! – repetiu a mulher do juiz. – De hoje em diante não lhe darei outro nome.

– Sim, abençoado lobo – concordou o juiz. – De hoje em diante também eu não lhe darei outro nome.

E Caninos afinal levantou-se e foi para fora, qual um rei convalescente, seguido de todos da casa. Estava tão fraco que ao atingir o gramado teve de deitar-se para um breve repouso.

Depois, como continuasse a procissão à frente dele, dirigiu-se para os estábulos, e de lá para um galpão onde Colie dava de mamar a meia dúzia de lindos cãezinhos.

Caninos olhou para a ninhada com olhos surpresos, conservando-se a distância. Colie rosnava contra ele a velha advertência das mães com prole nova. Scott empurrou com o pé um dos filhotes para junto de Caninos. O lobo arrepiou-se, suspeitoso, mas seu senhor o aquietou, dizendo que tudo estava bem. Colie, segura por uma das moças, olhava para a cena com ciúmes e rosnava como que achando que nem tudo estava muito bem.

O filhote arrastou-se, tonto, e parou diante do lobo. Caninos o farejou e o examinou curiosamente. Seu focinho tocou no focinho do cãozinho e uma pequena língua muito quente lhe lambeu a ponta do nariz: Caninos retribuiu. Espichou fora a língua e, sem saber por que, também lambeu a cara daquela coisinha viva.

Palmas e gritos dos deuses aplaudiram a cena. Caninos mostrou-se um tanto surpreso, e olhou para a assistência com olhos interrogativos. Sua fraqueza fez-se sentir de novo e caiu de banda, olhando para a coisinha viva novamente. Os outros filhotes vieram reunir-se àquele, para grande aborrecimento de Colie, toda ela ciúmes, e Caninos gravemente permitiu que a ninhada trepasse em cima dele e brincasse sobre sua pele. E ali ficou, a antiga fera, como tapete vivo sobre o qual coisinhas vivas brincavam. Seus olhos pacientes semicerraram-se e Caninos entrou em cochilo.

SOBRE O AUTOR: JACK LONDON

O escritor a bordo de seu veleiro *Snark*, com o qual navegou com sua segunda esposa até o Havaí e a Austrália.

Jack London, nascido John Griffith Chaney em 1876, na cidade de San Francisco (EUA), era um escritor-aventureiro. Ou um aventureiro-escritor. O que importava a esse autor era relatar as próprias experiências vividas, extraindo delas temas para seus romances de aventura. Alguns, como *O grito da selva*, publicado em 1903, e *Caninos brancos*, lançado em 1906, logo se tornariam best-sellers, confirmando o acerto da escolha de vida que Jack London fez em um determinado momento, de se tornar um escritor profissional que bebia da fonte de suas próprias experiências.

Antes de tornar-se escritor em tempo integral, London, que abandonou a escola aos 14 anos, trabalhou como jornaleiro, balconista e operário em uma tecelagem e, depois, em uma usina elétrica. Mas o chamado à aventura era muito forte e aos 17 anos, influenciado pela leitura de *Moby Dick*, de Herman Melville, ele embarcaria em um navio pesqueiro que o levaria até o Japão. Ao regressar, publicaria seu primeiro relato de experiência pessoal,

"Tufão nas costas do Japão", que ganhou um concurso promovido pelo jornal *San Francisco Call*.

Mas sua vida de escritor-aventureiro estava apenas começando. No ano seguinte ao regresso do Japão, Jack London cruzaria os Estados Unidos de costa a costa como andarilho e passageiro clandestino nas linhas de trem; por conta disso, foi preso por vadiagem em Buffalo, no Estado de Nova York, amargando 30 dias de reclusão antes de conseguir retornar à Califórnia. Aos 20 anos de idade, retomando os estudos, conseguiu ingressar na Universidade da California, em Berkeley, mas precisou desistir da graduação no ano seguinte, por não conseguir arcar com os custos. Também achou o ambiente universitário "pouco vivo e sem paixão".

A amizade e a mútua dependência entre os homens e seus cães seria tema de dois dos mais famosos livros de Jack London, aqui fotografado aos 9 anos ao lado de seu cão Lollo.

Jack London saiu da faculdade diretamente para a aventura, tomando parte na corrida do ouro que então se anunciava nos territórios gelados do Hemisfério Norte. Acompanhado de seu cunhado, foi para Klondike, no noroeste canadense, onde o escritor não encontraria ouro, mas extrairia da experiência e do convívio com os garimpeiros e seus cães puxadores de trenó a matéria-prima dos romances *O grito da selva* e *Caninos brancos*, além de argumentos para diversos contos, que começaria a publicar a partir de 1900, quando *The son of the wolf* ("O filho do lobo"), seu primeiro conto, foi impresso. Nesse mesmo ano ele se casaria com Elizabeth Maddern, com quem teve suas filhas Joan e Becky. Quatro anos mais tarde o casamento seria desfeito, e em 1905 o escritor se uniria à Charmian Kittredge, que se tornaria sua companheira em diversas

Fac-símile da primeira edição de Caninos brancos, lançada em 1906.

viagens pois, ao contrário da esposa anterior, Charmian também apreciava viagens, cavalgadas e pescarias, como London. O casal também se lançaria em aventuras marítimas que os levariam até o Havaí e a Austrália.

Beneficiando-se da renda recebida das vendas de seus livros e contos publicados em revistas norte-americanas, em 1905 London comprou um rancho no Condado de Sonoma, na Califórnia, e se dedicaria àquela aventura com igual empenho, buscando trazer para a propriedade técnicas agrícolas modernas. A propriedade jamais daria lucro ao casal, mas ali o escritor encontraria o ambiente ideal para continuar produzindo suas histórias, entre uma viagem e outra. Trabalhando de forma disciplinada em seu ofício de escritor, Jack London tinha por hábito escrever mil palavras diariamente, extraindo suas tramas de relatos de terceiros, notícias de jornais e, também, sendo influenciado por outras leituras – o que renderia a ele algumas acusações de plágio. Muitas histórias continuavam a surgir diretamente de suas aventuras, como *The mutiny of the Elsinore* (1914), inspirada em sua viagem marítima até o extremo sul do continente americano, enquanto outras sairiam de suas desventuras, como o romance autobiográfico *John Barleycorn: alcoholics memoirs* (1913), no qual aborda com franqueza sua dependência do álcool.

Apesar da constituição física robusta, que lhe permitiu tantas aventuras em locais inóspitos, Jack London tinha a saúde debilitada por ter contraído escorbuto durante a temporada em Klondike, além de infecções tropicais possivelmente contraídas em suas viagens marítimas, e problemas decorrentes do alcoolismo. Em 22 de novembro de 1916, aos 40 anos, o escritor faleceu em seu rancho californiano, atual sede do Parque Estadual Histórico Jack London.